内蒙古自治区党委宣传部策划

北疆文化建设重点项目

当代文学里的内蒙古

崔荣——主编

内蒙古出版集团
远方出版社

图书在版编目（CIP）数据

当代文学里的内蒙古 / 崔荣主编. --呼和浩特：远方出版社，2025．3． -- ISBN 978-7-5555-2178-5

Ⅰ．I206.7

中国国家版本馆 CIP 数据核字第 2025QU4068 号

当代文学里的内蒙古

DANGDAI WENXUE LI DE NEIMENGGU

主　　编	崔　荣
责任编辑	王　叶
封面设计	李鸣真
版式设计	韩　芳
出版发行	内蒙古出版集团　远方出版社
社　　址	呼和浩特市乌兰察布东路 666 号　邮编 010010
电　　话	（0471）2236473 总编室　2236460 发行部
经　　销	新华书店
印　　刷	内蒙古爱信达教育印务有限责任公司
开　　本	787 毫米 ×1092 毫米　1/16
字　　数	187 千
印　　张	16.75
版　　次	2025 年 3 月第 1 版
印　　次	2025 年 3 月第 1 次印刷
标准书号	ISBN 978-7-5555-2178-5
定　　价	167.00 元

前言

近年来，内蒙古自治区党委坚持以习近平文化思想为指引，系统集成内蒙古大地上的红色文化、草原文化、农耕文化、黄河文化、长城文化等文化形态，熔铸铸牢中华民族共同体意识、守望相助、促进各民族交往交流交融、弘扬蒙古马精神和“三北精神”等时代要求，着力打响北疆文化这一具有内蒙古特质的地域性文化品牌，各族干部群众人心凝聚、团结奋进的精神纽带越扎越牢。对内蒙古而言，践行习近平文化思想，总抓手就是建设北疆文化。为进一步推进文化强区建设，深入挖掘北疆文化的深刻内涵，从不同维度彰显北疆文化的独特魅力，内蒙古自治区党委宣传部组织编写了《文物里的内蒙古》《诗词里的内蒙古》《当代文学里的内蒙古》《文艺作品里的内蒙古》四本理论读物。

四本读物从不同角度描绘了内蒙古的历史脉络、社会发展及文化建构，生动展现了内蒙古深厚的历史文化底蕴、丰富的自然景观、独特的人文风貌和与时俱进的创新精神，深刻反映了在内蒙古这片热土上各民族交往交流交融的历史事实，实证了中华民族多元一体格局的形成和发展，集学术性、艺术性和可读性于一体，为读者提供了解内蒙古的新视角，有助于充分发挥北疆文化在铸牢中华民族共同体意识、构筑中华民族共有精神家园过程中的凝聚作用，引导各族群众更好地感悟中华文脉，不断增强对中华民族的认同感和自豪感，更好展示内蒙古的文化魅力和良好形象，把祖国北疆这道风景线打造得更加亮丽。

文脉赓续，弦歌不辍。内蒙古是各民族文化融合碰撞的地方，县县都有博物馆、旗旗都有乌兰牧骑，灿若繁星、脍炙人口的美篇佳作层出不穷，既积淀着西风塞漠的昔日情愫，也传扬着今日葱茏原野万马回旋的磅礴气势。奋进新征程，内蒙古将继续沿着习近平总书记指引的方向笃定前行，从办好两件大事的实践中汲取精神养分，以闯新路、进中游的目标任务激发北疆文化建设的活力，广泛凝聚各族群众共同守卫祖国边疆、共同创造美好生活的热情，始终同心同德、守望相助、共同奋进，在建设中华民族现代文明中努力贡献内蒙古力量、展现内蒙古担当。

目　录

MULU

第一章　命运与共长歌

第二章　时代英雄不老

第三章　守望相助深情

第四章　雏鹰驭风之姿

第五章　北疆植绿壮志

第一章

命运与共长歌

七十多年来，以多重声部的盛大交响奏出命运与共的长歌，这始终是当代中国多民族作家尤其是站在祖国北疆内蒙古的诗人们共同的审美选择，他们以深刻、清晰和自觉的中华民族共同体意识，唱出自治区各民族休戚与共、勠力同心建设现代化强国之巍峨壮丽；唱出荣辱与共、人心归聚构筑共有精神家园之繁盛美好；唱出生死与共、患难相守抵御风险挑战之团结坚毅；更唱出命运与共、开拓创新实现中华民族伟大复兴的自信自强。在蒙古族当代文学第一人纳·赛音朝克图心中，他于中华人民共和国成立后写出的全部诗行，都是在“歌颂燃起我们希望的美丽的祖国”；在蒙古族文学奠基人之一的巴·布林贝赫笔下，“赞美祖国明媚的春天”是他心魂所系甚至也是一生诗歌创作的总纲；当过骑兵、上过兴安岭、九下包钢、数次介入时代重大事件中的安谧在时代河流的岸边坐下，“细读它浩渺奔流的史诗”，更以文字状写其浩渺奔流；在多重文化间辗转、视野开阔的诗人阿古拉泰，则将命运与共、守望相助的内蒙古各族人民共同创造出的内蒙古精准概括、生动赋形为“一路高歌的内蒙古”。这嘹亮雄壮的命运与共长歌，依然在北疆的天空唱响，所有仍在衍生铺展的美妙诗行，都在抒发对伟大祖国的无尽深情与永恒眷恋。

第一节　歌颂燃起我们希望的美丽的祖国：纳·赛音朝克图与《狂欢之歌》

中华人民共和国成立之后，面对一个全新的人民真正当家作主的时代，充满激情、充满欢乐也充满希冀的社会，鼓荡着、激励着每一个中国人的心魂。在跨越新旧两个时代，被誉为蒙古族当代文学奠基人之一的蒙古族诗人纳·赛音朝克图心中，那无处不在的火热生产生活场景，那全心全意投入国家建设的奋进的劳动者，以及经过10年建设已经粗具规模正在崛起的朝气蓬勃、欣欣向荣的新中国，带给她的儿女的总体感受就是狂欢。远在北疆但与全体中国人共命运同欢乐的诗人纳·赛音朝克图被这排山倒海的历史情绪所激荡，在中华人民共和国成立10周年的1959年，写下了千行万字的长诗《狂欢之歌》，他以史诗般的鸿篇巨制歌唱新中国给人民带来的史诗般的变化。文学史的发展证明，《狂欢之歌》是蒙古族当代诗歌的巅峰之作。在表现同欢乐共命运的历史情绪时，《狂欢之歌》以丰富的联想、激昂的韵律、优美的诗句、雄壮的气势以及澎湃的政治激情赢得了广大读者的赞叹，不但在蒙古族诗坛，而且在全国诗坛引起强烈反响。[1]

诗人对新生的、欣欣向荣的中华人民共和国的爱，来自历史与现实的对比，因为美丽的祖国“燃起我们的希望”；更来自对万恶旧社会的强烈憎恨。对纳·赛音朝克图而言，以当时文坛常见的政治抒情诗方式，将其融汇到歌唱中华民族雄壮的歌声之中有着极大的必然性。作为在草原上生长又曾留学海外的现代知识分子，他有着跨越新旧两个时代的个人体验、蒙古民族经验，这不可多得；他又有着感性理性相结合的深远眼光和宽阔视野，这也殊为难得。这些，都是纳·赛音朝克图写出以《狂欢之歌》为代表作的系列政治抒情诗的坚实理由，也是他在新中国成立后始终歌颂给所有中国人带来希望的祖国的坚实理由。

纳·赛音朝克图，1914年出生于内蒙古察哈尔盟正蓝旗[2]的一个牧民家庭，他从小学习蒙古文，接受文化教育，15岁进入旗办小学学习。1936年，22岁的纳·赛音朝克图进入张北察哈尔盟蒙古青年学校学习，从此走上了文学创作之路。1937年，纳·赛音朝克图东渡日本，在日本善邻高等商业学校和东京东洋大学专门部教育科学习了4年。在这里，纳·赛音朝克图第一次接触到民主主义思想，开始意识到家乡内蒙古草原的落后，并开始寻求振兴国家和民

[1]　乌·纳钦．宏大抒情表层下的隐喻仪式现场——重读纳·赛因朝克图抒情长诗《狂欢之歌》［J］．民族文学研究，2015（5）．

[2]　现锡林郭勒盟正蓝旗。

族的道路。因此，他早期的作品如诗集《心之友》、散文集《沙原，我的故乡》等，充满了对黑暗旧社会的憎恨、对民族兴盛的渴求与对光明未来的向往。

在诗歌《压在苦笆下的小草》中，纳·赛音朝克图就写道："可知道一切陈旧的东西终归灭亡，/新生事物必然蓬勃成长；/看吧！我将以巨大的威力挣脱你的纠缠，/去和天空的曙光会面。"[1] 诗歌中的"苦笆"和"小草"分别象征了陈旧势力和新生事物，说明了新生事物必定替代一切陈旧势力的道理。这首诗歌代表了一代蒙古族知识青年可贵的觉醒，表现了纳·赛音朝克图对黑暗社会的大胆反抗以及对平等自由的热烈追求。

觉醒成为信仰，是因为马克思主义武装了诗人的头脑。1945年，纳·赛音朝克图赴蒙古人民共和国，进入苏巴托高级党校学习。在这里，纳·赛音朝克图系统深入地学习了马克思列宁主义，认识了中国共产党及其所领导的革命，真正找到了内蒙古民族解放和兴盛繁荣之路。思想上的转变让纳·赛音朝克图完成了从旧式知识分子向同人民结合的无产阶级战士的转变。他的诗歌创作也迈向新的高度。在诗歌《乌兰巴托》中，纳·赛音朝克图写道："那红宝石的砖块是解放了的人们制成的；/那大理石的坚固的地基是胜利的英雄们奠定的；/那雕刻着精美花纹的白色石柱是工人们竖

[1] 建磊，特·莫尔根毕力格. 纳·赛音超克图评传［M］. 呼和浩特：内蒙古人民出版社，1987：34.

立的；/那一切辉煌的杰作都是幸福的缔造者——人民，亲手创造的；/——这就是人民的首都，光荣的乌兰巴托。”[1] 这首诗歌歌颂了劳动人民所建立的“亲手创造的”属于自己的政权，过上了踏踏实实、富足幸福，没有剥削与压迫的生活。这显示出，纳·赛音朝克图看到了共产党领导人民的力量，说明他对共产主义和无产阶级革命已经有了相当的认识，已经看见了祖国与民族兴盛的希望。

1947年，纳·赛音朝克图带着这强烈的希望回到了祖国。正值解放战争的烈火燃遍全国之时，他以满腔热情积极投身到革命斗争中，更用饱满的热情歌颂伟大的人民解放战争和人民英雄，歌唱中国共产党的领导，表现出对光明的憧憬。纳·赛音朝克图在诗歌《沙原，我的故乡》中写道：“啊！沙原，我的母亲，/我的故乡！/朝着共产党指引的方向前进吧，/让自由放射灿烂的光芒！”[2] 这首诗歌不仅代表了纳·赛音超克图个人的革命立场和决心，还代表了在新中国成立前夕激烈的两条道路斗争中，内蒙古自治区各族人民鲜明而坚定的立场。因此，这首诗歌具有深刻的历史意义和广泛的代表性。

1949年中华人民共和国成立之后，纳·赛音朝克图的创作跨入了崭新的阶段。社会主义建设时期，纳·赛音朝克图用火一样的热

[1] 建磊，特·莫尔根毕力格．纳·赛音超克图评传［M］．呼和浩特：内蒙古人民出版社，1987：138．

[2] 纳·赛音朝克图．纳·赛音朝克图诗选［M］．北京：人民文学出版社，1981：16．

情，追随新中国的发展与建设，赞美草原人民幸福自由的生活，歌颂共产党与毛主席的领导，讴歌各族人民的团结与友爱。1959年，纳·赛音朝克图实现了他多年以来梦寐以求的理想，成为一名光荣的中国共产党党员。他积极响应党的号召，下乡到牧区深入生活。他和牧民同吃、同住、同劳动，与牧民建立起深厚的感情。他亲眼看见自己的同胞已摆脱了可憎可恶的懒惰，用强壮的身体、清醒的头脑建设着美丽的家乡。而这一切得以实现，皆是因为党的领导，是因为新社会的到来。受到现实的感召和感染，在人民火热生活现场和幸福向上情绪洪流中的纳·赛音朝克图在新中国成立10周年之际，创作了著名的抒情长诗《狂欢之歌》。

《狂欢之歌》是诗人献给祖国的一份厚礼。全诗共分5章，1300多行，4万余字。这首诗无论是在思想内容上，还是在艺术形式上，都反映出了祖国和内蒙古地区在新中国成立之后10年间的巨大历史变迁，当然也标志着诗人创作的成熟与飞跃。

在《狂欢之歌》的第一章，诗人在激越的情感中开启了新中国成立10周年狂欢的序幕："带着喉咙／诞生在人间／是为了什么？／我要歌唱／人民翻身后的／建国十年！／赋诗讴歌／直到如今／是为了什么？／我要歌颂／阳光般／光辉明朗的新生活！"[1]诗人以欢快的基调、气势磅礴的音调，开启了对人民翻身、迎来光辉新生活的新中国成立10周年的讴歌。接着，诗人用马头琴一样铮

[1] 纳·赛音朝克图．狂欢之歌［M］．北京：作家出版社，1960：11．

铮鸣响的喉咙、比布谷鸟还美妙的歌声歌唱新中国成立10周年。不仅是诗人，牧民们也把肥美的羊肉、醇香的奶油摆满餐桌，把装满奶酒的酒壶拿出来，用鲜花、彩旗把蒙古包装饰得如同彩虹一样，一起欢庆伟大的节日——新中国成立10周年。

诗人用回旋往复、铿锵有力、极富动感的诗行再现了经过10年社会主义建设的内蒙古的情状，一切都是欣欣向荣的：年轻的母亲抱着还在吃奶的孩子来了，雄狮般勇猛的健儿们穿着镶有金花的摔跤服来了，莲花般美丽的姑娘们跳着欢快的舞蹈来了，燕子般矫健伶俐的孩子们把打扮好的良驹拉过来了，天才的艺人带着配好音弦的马头琴来了……草原上的人们从各个方向聚到了一起，来庆祝幸福已经溢出了心头的新中国成立10周年。

为这伟大的胜利，草原上的人们举起手中的酒杯祝酒："高声歌颂！／歌颂敬爱的领袖／伟大毛泽东的／恩情！／他像照射蒙古包的／明媚春天／朝阳的光芒，／他用炽热的爱抚／温暖着／人民的心房。／让我们举起／手中的酒杯／欢乐地歌颂／歌颂燃起／我们希望的／美丽的祖国，／她是凝结／兄弟民族命运的／温暖的家庭，／她是缔造／和平生活的／幸福的摇篮，／她是创造／人间奇迹的／斗争的源泉！"[1] 在第一章，诗人以行军般的诗句、磅礴的气势，抒发了草原人民翻身得解放、迎来新生活的喜悦，充满了对共产党、对领袖、对祖国的无限热爱。

[1]　纳·赛音朝克图．狂欢之歌［M］．北京：作家出版社，1960：11.

随后，在《狂欢之歌》的第二章，诗人由激情的赞歌，转入对往日的痛苦回忆，这是在深沉思考，今日的幸福从何而来。新中国成立前的内蒙古，“贪婪的老爷／坐在阴森的宫／奴役人们，／挥撣黑布／驱鬼为名的喇嘛／诈骗财物，／万恶的刽子手／以屠杀和摧残／猖獗一世”[1]，在20世纪上半叶的内蒙古草原，封建统治和宗教迷信如同大山一样压在了草原人民的身上，他们在黑暗的统治下过着苦难的生活。“痛苦的劳役／不让人们／有瞬间的休息，／沉重的担子／不离开人们的／肩头，／脚镣和手铐／深陷在人们的／脚踝和手腕，／除了痛苦和呻吟／穷苦的人民／没有别的享受。”[2] 那时的内蒙古草原，王公贵族与牧主富人压榨、剥削、残害百姓。富人的牲畜的尸体填满沟壑，劳苦人民的孩子却没有饭吃；有钱人个个脑满肠肥，苦难的穷人却饿得骨瘦如柴。而这一切因为共产党的到来、因为毛主席的领导彻底结束了！于是诗人用难以抑制、喷薄而出的情感歌颂共产党：“敬爱的党哟，／你拯救了／苦命的穷人，／恩慈的党哟，／你挽救了／被奴役的人们，／亲爱的党哟，／你让人民／获得了幸福。”[3]

站在人民之中的诗人，亲眼见到内蒙古人民在新旧两个社会中生活和命运的根本性转变，他由衷地感慨并描绘出这种转变。接着，纳·赛音朝克图用鲜明的对比手法，形象地展现了这种转

[1] 纳·赛音朝克图．狂欢之歌［M］．北京：作家出版社，1960：15.

[2] 纳·赛音朝克图．狂欢之歌［M］．北京：作家出版社，1960：16.

[3] 纳·赛音朝克图．狂欢之歌［M］．北京：作家出版社，1960：16.

变："人民的艺人／曾经到处流浪说书演唱，／唱哑了嗓子／整天还是／饿着肚肠。／如今他们／获得了自由／洪亮地歌唱，／被称誉为／人民大众的／文化活动家。／可怜的姑娘／为了养活自己／双目失明的父亲，／曾经到各地／奔波卖唱，／沿门乞讨。／如今得到了／党和政府的／亲切关怀，／被称誉为／世界上／著名的歌手。／苦脸的教徒／被狠心的格贵[1]／打断了腰骨，／曾经凄惨地／弯腰屈背／痛苦呻吟，／随着时代的变化／如今娶了老婆／不再当喇嘛，／而且还当上了／人民公社的／积极分子。／穷苦的孩子／从母亲的热怀里／被抢了出来，／去给老爷们／当奴隶／在皮鞭下成长，／在人民解放战争中／他们立下了不朽的功勋，／胸前佩着／金光闪闪的勋章／变成了英雄。"[2] 诗人通过对一桩桩、一件件现实情节的描写，从侧面说明了是伟大的共产党将这些苦难的草原人民解救了出来，是毛主席的光辉给了草原人民新生活的希望。

从个体又到地区，诗人的心灵和眼睛在飞翔，并飞到了草原上，草原的如诗如画、盎然悠然景象，也是新生得来的。"辽阔无边的大地／盛开着争妍的／花朵，／万里无云的长空／放射着绚烂的／彩霞，／绵绵翠绿的山巅／鸣叫着迷人的／金丝鸟，／绿色海洋的草原／蠕动着肥美的／牧群。"[3] 新中国成立后的草原旧貌换

[1] 格贵：专门掌管寺院刑律的喇嘛。

[2] 纳·赛音朝克图. 狂欢之歌［M］. 北京：作家出版社，1960：21—23.

[3] 纳·赛音朝克图. 狂欢之歌［M］. 北京：作家出版社，1960：27.

新颜，无处不充满着活力与生机。诗人又从草原出发，由南而北、从东而西看到："呵，举目瞭望／可爱的祖国／多么绮丽！当美丽的黄河／展开宽长的哈达／歌唱时，／愿杭州城的／碧绿的仙湖／微笑欢迎！／当大兴安岭／绿色的林木／舞蹈时，／愿古老的／喜马拉雅山／欢笑点头！"应该看到，这里不仅仅是对自然景物的描绘，更有一种中华民族共同体的认识和想象，自然描摹与家国情怀、中华民族共同体想象在诗歌中叠合，每一个自然物象都被转化为相互呼应、其乐融融的一体化共有精神家园，读者也自然随着诗人沉浸于对美丽内蒙古和新生的中华人民共和国辽阔疆域的想象当中，因此这里，新生的内蒙古形象和新生的国家形象就都在这首诗歌之中巍峨耸立。

然而不止如此，更重要的是新中国的成立给草原带来了新的发展，诗人在欣欣向荣的现实里看到了时代蓬勃的发展，同样是燃起人民希望的火焰。在《狂欢之歌》的第三章中，纳·赛音朝克图用高亢、昂扬的笔调描绘了内蒙古草原上火热的社会主义建设的画面。新中国成立之后的内蒙古楼房林立，高大的烟囱直入云端，雄鹰般的飞机冲破云霄，牤牛般的火车穿过高山，雪亮的灯光照亮了蒙古包……不仅如此，勤劳智慧的内蒙古人民，紧跟时代的步伐掌握了科学技术。谁说内蒙古人民只会驯马、放牧？那都是曾经的历史！在党的领导下，牧民的思想意识发生了翻天覆地的变化。现在的内蒙古人民开着拖拉机开垦土地，驾驶着坦克保家卫国，手举着望远镜探索星空，手握着探测器勘探宝藏。翻身解放的内蒙古人民用勤劳的双手、灵敏的头脑、坚定的信念建设着祖国的北疆，使其每天都在发生着可喜的变化。而内蒙古这一历史性的变化，正是新中国社会主义建设取得胜利的缩影。

内蒙古一直有各民族团结友爱、守望相助的传统，对祖国大家庭内的其他兄弟民族当然也是如此。解放了的内蒙古、迎来新生活的蒙古族与其他兄弟民族一起，屹立在祖国的神州大地上。于是诗人在《狂欢之歌》第四章中盛赞了团结友爱、亲如兄弟的民族关系。共同的遭遇、艰苦的斗争将各民族紧紧地连接在一起："我们把眼泪／一起流进了／痛苦的海洋，／我们把鲜血／共同流洒在／斗争的战场。"[1] 是亲爱的共产党让各族人民团结成一家人，是共同的理想让我们同呼吸、共命运。这种亲如手足般的感情是谁也无法割裂的，钢铁般紧握的双手是谁也无法分开的。各族儿女将用共同的力量和共同的心，去播撒幸福的种子，开创更美好的未来。

这一章较之其他章节虽短，但它在揭示和升华长诗的主题思想上却有不可忽视的重要意义。从这一章，我们可以看出诗人的目光不止停留在蒙古族上，情感也不止停留在民族抒情上。诗人的眼睛看见了其他兄弟民族的苦难，更看见了蒙古族与兄弟民族一起高举红旗、齐步向前，才拥有了今天幸福的生活。诗人不再仅为自己的民族而歌唱，他也为其他兄弟民族而歌唱，更为中华民族而歌唱，这体现出诗人崇高的家国情怀与中华民族共同体意识。

[1]　纳·赛音朝克图．狂欢之歌［M］．北京：作家出版社，1960：40．

《狂欢之歌》的最后一章，爱国的情感、崇敬党的情感达到高峰。直抒胸臆的方式似乎最利于表现诗人饱满充分的感情，排比句的大量使用让诗人的情感不被阻拦地、浩浩荡荡地奔涌而出、倾泻而下。诗人再次举杯："歌颂我们／功绩昭著的／英雄的党！／在坚强的斗争中／她是人民的／号角，／在十年的成就中／她是胜利的／旗手，／在未来的道路上／她是灿烂的／灯塔，／在祖国的花园里／她是播种幸福的／园丁。"[1] 诗人以顿挫有力的节奏、浓墨重彩的诗句再次讴歌了党的伟大和英明，并希望她的歌声能够响彻云雾弥漫的山顶、树木茂盛的沙原、灯光闪闪的车间、馥郁芬芳的公园……

在长诗的最后，诗人以"我们英明的党／光辉地指引着／我们／团结一致的／各族人民／勇往直前！／我们可爱的祖国／变成了／人间的天堂！／伟大的共产主义／放射着灿烂的／光芒！"[2] 结尾，回旋往复的结构让情感的抒发达到了最高点，同时再一次强化了诗歌的主旨：在党的指引下，可爱的祖国，变成了人间天堂。

《狂欢之歌》用酣畅淋漓的笔墨歌颂了新中国成立10周年内蒙古草原各条战线、各个领域所发生的神奇变化，展现了草原人民获得新生之后幸福美好的新生活。诗歌形象瑰丽、意境深邃、气魄宏

[1] 纳·赛音朝克图．狂欢之歌［M］．北京：作家出版社，1960：47.

[2] 纳·赛音朝克图．狂欢之歌［M］．北京：作家出版社，1960：57.

大，堪称内蒙古诗坛上的出类拔萃之作。纳·赛音朝克图感念毛主席和党的领导，以嘹亮的声音和雄壮的气势歌唱了中国共产党的领导和新中国成立10周年以来所取得的成就。纳·赛音朝克图用诗歌创作投入建构一体化多民族国家想象的宏大抒写当中，是蒙古族人民发自内心与全国各族人民同唱祖国的一首赞歌。

既然是同唱祖国，小我退去，大我出现，“我们”作为抒情主人公，高频出现在诗人新中国成立后的创作中。作为蒙古族当代文学的奠基人之一，纳·赛音朝克图的文学创作跨越了新旧社会两个时期，是蒙古族新文学承前启后的重要作家。中华人民共和国成立之后他所作的诸多诗歌中，除了前述的《狂欢之歌》，诗人还创作了《我们的国旗》《蓝色软缎的“特尔力克”》《我们雄壮的呼声》等具有相当艺术水准和影响力的诗歌、散文和小说。命运与共的情感、中华民族共同体意识反映在诗人创作的方方面面，而且催生了一个极富意味的变化：在中华人民共和国成立后，纳·赛音朝克图诗歌中的抒情主人公更多的是“我们”而不是“我”。在《狂欢之歌》中，“我们”让荒野里新建的城市灯火明亮；在《我们的国旗》中，诗人写道：“像红艳艳的火焰徐徐高升／我们的国旗，有多么威风／成立了新的国家呀／我们的人民，是多么欢欣”“使我们掌握到这胜利旗帜的／中国共产党有多么英明／在金色世界上耸身站起的／我们的人民啊，是多么骄傲！”这个“我们”，既是内蒙古人民的总称，更是中华儿女的总称，表达出诗人自己作为祖国儿女的无比自豪与满怀希望。正是“我们”作为一个强大的共同体而存在，正是满心骄傲和对祖国母亲的信赖敬仰，诗人才用澎湃的激情、宏大的体式、重叠复沓的艺术手法以及反复咏叹的纵情欢歌，歌颂着燃起我们希望的美丽的祖国。这歌声从未消逝，直到今天，还如叩击大地的马蹄声，回荡在每个中华儿女的心间。

第二节　赞美祖国明媚的春天：巴·布林贝赫与《叶子》

1947年内蒙古自治区成立，1949年中华人民共和国成立，对于饱经忧患与动荡的内蒙古人民来说，这一件又一件喜事意味着在漫长的黑夜过去后，黎明的曙光终于到来。从过往寒冷严酷的时代进入光明温暖之中的巴·布林贝赫，对此有着比别人更为深刻的体验。因为自幼受到作为民间歌手母亲的影响，很早就以《圆圆的山峰》这首歌曲创作而显示出诗才的巴·布林贝赫是敏感多思的，更重要的是，巴·布林贝赫是新旧两个社会变化的参与者和见证者。

巴·布林贝赫1928年出生，他童年生活清苦，曾因家境贫寒，交不起给私塾先生的束脩之礼而中断学习，也在中华人民共和国成立前因断粮而采食野蘑菇充饥，经历了全家人都中毒的悲剧。这种不堪的境遇不仅仅在他个人身上发生，诗人周围草原上的人们过的生活也是悲惨的："铜铃声、摇鼓声，／夹杂着母亲的哭声；／枷锁声、镣铐声，／夹杂着鬼子的笑声。／……干朽的皮头、死臭的牛肉，／霉烂的奶皮、枯槁的草根。／……残缺的盘子、扁破的茶壶，／裂开的靴子、破烂的衣裳。／……慈母辛酸的眼泪，／如同草原上的湖泊；／爱父痛苦的叹息，／如同山谷里的狂风。”[1]这一切得以改观是在中国共产党所领导的新民主主义革命到来后，在诗人20岁时，他也有机会参与地方的民主改革，目睹革命风暴如何席卷偏僻的乡村，看到“老爷们的冠冕被吹走了，／在狗粪堆上乱滚；／武士道的钢盔被打落了，／在骆驼蹄下踩踏”。腐朽的旧制度轰然坍塌的现实让诗人“不由自主地感到惊奇和喜悦”[2]，而后来，经过冀察热辽联合大学鲁迅艺术文学院的深造，经过在加入中国共产党的思想锻造，经过参军进入内蒙古骑兵三师的激发，曾经感受到的惊奇和喜悦又推动了诗行的不断产生。可以说，新旧两个社会的剧烈变化在他心灵和情感中所掀起的风暴、给诗人带来的命运转折，尤其是为诗人的创作，所蕴蓄的能量是巨大的。

正如巴·布林贝赫所强调并且在诗歌写作中践行的，“诗歌是现实生活所激发的心灵的声音”[3]，所有草原上的新生活所带来的“惊奇和喜悦”，都化作了唱给祖国、唱给新生活的美妙诗行。这诗行从诗人的心灵中源源不断汩汩而出，因为“祖国给了我唱不完

[1] 巴·布林贝赫．生命的礼花［M］．北京：作家出版社，1962：81–82.

[2] 巴·布林贝赫．生命的礼花［M］．北京：作家出版社，1962：84.

[3] 玛拉沁夫，吉狄马加．中国少数民族文学经典文库：1949—1999理论评论卷［M］．昆明：云南人民出版社，1999：364.

的歌声”[1]。而后来，巴·布林贝赫在诗歌《叶子》中写下“我将用燃烧的诗句，赞美祖国明媚的春天”[2]，也成为与祖国日新月异发展同频同心、命运与共的诗人创作全部追求的一个总纲。

命运与共必然意味着，作为祖国的一个部分，诗人笔下的内蒙古也有着同祖国一样明媚的春天。哪怕是见到一座桥，诗人都会发自内心地感慨，这桥“它联结着祖国的边疆和心脏，它把母亲的爱和儿女的情，不断地互相传递，互相贯通”[3]。“桥”的意象不仅精准概括了内蒙古和祖国的关系，更写出了两者之间互相扶持，如母亲和儿女般亲密的深厚情感。诗人对内蒙古生产生活建设中的方方面面都是惊叹而感到欣慰的，他也以明亮乐观的诗句写下了中华人民共和国成立后沙漠、牧区、草原所发生的变化。《沙漠之路》记录了人们征服沙漠、改造沙漠的历史变迁；驮运队艰苦辛勤的劳作让诗人不仅看到“车辕和碗架在这里出世，箭杆和枪托从这里生产”的现实，也看到“树的海洋，叶的波浪，这是驮运队明天的奇迹”[4]这一未来。

巴·布林贝赫对祖国和内蒙古变化的观照与思考从未仅仅停留在物质层面。除了写出物质层面的巨大变化，令人欣喜之处还有祖国从未忘记精神文明的建设。诗人写出了在内蒙古开展精神文明

[1] 巴·布林贝赫．命运之马［M］．杭州：江苏人民出版社，1983：69.
[2] 巴·布林贝赫．命运之马［M］．杭州：江苏人民出版社，1983：49.
[3] 巴·布林贝赫．命运之马［M］．杭州：江苏人民出版社，1983：7.
[4] 巴·布林贝赫．命运之马［M］．杭州：江苏人民出版社，1983：15.

建设时的特殊性。在内蒙古，因为草原广袤、人烟稀少，精神文明建设的开展方式就极具地域特色和民族特点，比如书店成为马背上的书店，它以一种移动的方式将书本运送到各处散落的蒙古包中，而牧民们也深知，到牧区售书的姑娘“送来的却是启迪心灵的金钥匙”[1]，这弥足珍贵；而在长年累月的工作中，城里来的姑娘有了由“羊羔、炊烟、毡包”组成的“眷恋的新家乡”[2]，城市和牧区之间流动的不仅仅是智慧，还有同胞的深情以及祖国各处是家乡的厚意。

此外，内蒙古在地区生产建设中所呈现出的积极健康向上的价值观也是巴·布林贝赫所肯定的，比如《喷泉》里写“泉水的源水就是汗水”[3]；《鲜花·纱巾·爱情》里，面对牧马郎捧上的鲜花和纱巾，姑娘不曾动心，最终让她把牧马郎冻僵的双手捂在自己温暖的手掌中的原因，是他为了保护马群而在暴风雪中受了伤。这样一个进取的、充满活力的内蒙古让诗人充满自豪，诗人也以小见大，从周围“人们的步履中，听到了祖国跃动的旋律”[4]。在诗歌的艺术处理上以地区的发展面貌具体而细微地映照着祖国前进的步伐，这就毫无疑义地表明，它充满生机和生气的步履，构成了祖国发展宏大交响中的一个部分，也是祖国日新月异富于典型性的表

[1] 巴·布林贝赫. 命运之马［M］. 杭州：江苏人民出版社，1983：11.
[2] 巴·布林贝赫. 命运之马［M］. 杭州：江苏人民出版社，1983：11.
[3] 巴·布林贝赫. 命运之马［M］. 杭州：江苏人民出版社，1983：24.
[4] 巴·布林贝赫. 命运之马［M］. 杭州：江苏人民出版社，1983：13.

征。

在内蒙古自治区成立30周年时，巴·布林贝赫以一首《金色的草原》充分书写了内蒙古的巨大变化，今昔对比仍然构成诗行铺展的内在逻辑。诗人先是写到了“茫茫草原一改旧貌”的种种变化，“白发苍苍的大青山哟，／冰化雪融群峰峻峭；／泪水汪汪的大黑河哟，／浪卷波涌流水欢笑”[1]，更令人欣喜也更具有决定性意义的是曾经牧羊骑马的人们的生产生活方式的变化：“谁说我们的双手只能挥动羊鞭？／操起巨大的铁铲分外自豪。／谁说我们的双脚只会扣磕马镫？／踏上耸立的井架无比骄傲。”[2]这种生命状态的焕然一新和对生命可能性的全新探求，令人振奋。振奋之外，经过30年建设，更加妖娆的金色草原、全新的民族和个人面貌，都让草原上的人们意识到，“啊，三十年里程灿烂辉煌，／红太阳时刻把我们照耀”，对于党和国家如太阳般的光照，包括诗人在内的草原上的人们从来都心存感激，“时刻把我们照耀”也将爱国深情表达得精准而浓烈。

随着诗艺的日渐成熟，具有较大历史深度和容量的长诗在巴·布林贝赫笔下频繁出现。在这些长诗当中，诗人展开了时间跨度更长的历史观照，典型的是1979年写出的《命运之马》，以“命

[1]　巴·布林贝赫．草原，诗的盛会［M］．呼和浩特：内蒙古人民出版社，1978：31．

[2]　巴·布林贝赫．草原，诗的盛会［M］．呼和浩特：内蒙古人民出版社，1978：32．

运之马”为核心意象，串联起内蒙古自治区历史发展的四个时期。用“革命的烽火唤醒草原，黎明的曙光照亮战刀，在飞腾欢叫的马背上，我们决定了自己民族的命运”说明新民主主义革命给内蒙古和草原上的蒙古族带来的影响；又以“你驮着荒芜的草原，／从贫困奔向富强。／你带着智慧的星光，／从蒙昧奔向文明”表现社会主义建设时期内蒙古发展的高速；还以“永葆贫穷才能革命，／徒步行进才算路正，／知识越多越有罪恶，／交上白卷才算英雄”直陈十年特定历史时期的荒诞；更以“我的命运之马啊，挣脱了羁绊，跳出了泥泞，／重新抖擞精神／在宽广的大道上驰骋”“我的骏马，我的命运，／你新长征的大道上，必能痛饮更醇的甘露，踩出更为美丽的蹄印”等诗行展现社会主义现代化建设新时期“再上马”的奋进激情。不变的是诗歌当中心向首都、心向祖国的情感。当诗歌中的抒情主人公“我”向驰骋过内蒙古地区四个发展时期的命运之马“伸出双手，向你衷心问候的时候，你朝着金色的北京，昂首抖鬃长长地嘶鸣”，这里从未更改、始终在炽热燃烧的爱国之情，成为全诗的感情抒发和理性观照的核心线索。诗歌在描述内蒙古四个历史时期的特点时，抒情主人公感情的跌宕起伏、沉思的起承转合也都由此而来，而在形式结构方面，甚至是诗歌节奏的抑扬顿挫、整体的布局谋篇也都由这强烈的爱国之情所决定。

除了强烈的爱国之情让诗人唱出了命运与共的长歌，命运与共情感的生成，还来自巴·布林贝赫心底坚定的对民族团结的认知。既然是在祖国这一个大家庭中，各民族就都是祖国的英雄儿女，他们都是兄弟，也是亲人。这种对民族团结的认知，在巴·布林贝赫的诗歌中随处可见。早在《北海公园的两条船里》，诗人就饶有意味地写了维吾尔族、藏族、蒙古族和汉族兄弟一起欢游在北海公园的画面，各民族兄弟在祖国怀抱中的其乐融融之貌在诗歌中尽显。

这种民族团结，这种相亲相爱的情状，同样被诗人放在乌兰牧骑的两个女队员身上加以体现。乌兰牧骑的意思是“红色的嫩芽”，作为祖国北疆内蒙古文艺战线上成就卓著的文艺队伍，乌兰牧骑队员们多年栉风沐雨，以天为幕、地为舞台，在半个多世纪将党和国家的声音与关怀传递到内蒙古广大的农村和牧区。乌兰牧骑只是由不多的几个队员组成，演出队伍短小精悍，而队员们大多数都一专多能。巴·布林贝赫所发现并在诗歌中表现的这两个乌兰牧骑队员，一个是汉族，一个是蒙古族，长期将党和国家的新面貌表演给观众，她们有了高度的相似性，观众很难区分她们：“当她俩歌唱为四化发奋的祖国，／抑扬顿挫的歌声一个样；／当她俩赞美新长征中的牧区，／奔放澎湃的激情一个样。”[1] 当然，除了为祖国歌唱的艺术生涯让她们难分彼此，彼此长期交往交流交融的生活也让两个乌兰牧骑队员有着高度的一致性：“当她俩捧起奶罐搅拌酸乳，／人们叫不准谁是蒙古族吉米斯，／谁是汉族吉米斯。”[2] 艺术人生的彼此交会、事业人生的高度相似让这两位乌兰牧骑队员

[1] 巴·布林贝赫．命运之马［M］．杭州：江苏人民出版社，1983：28.

[2] 巴·布林贝赫．命运之马［M］．杭州：江苏人民出版社，1983：29.

“是蒙汉兄弟哺育出来的一对吉米斯，/是亲爱的祖国培养出来的一对喜鹊”[1]。内蒙古地区民族团结的总体状态，各族人民承受祖国恩情也反哺母亲的情状，通过两位乌兰牧骑队员表现，可谓巧思也极具代表性，能让读者真切感受到一个民族团结的内蒙古形象。需要指出的是，“吉米斯”在蒙古语中是果实之意，也是蒙古族女性常用的名字，因此这首诗也启示我们，这民族团结、心向祖国的果实结出本身，既是因为各族人民在祖国大家庭中同心同德为国富民强、伟大复兴的事业而奋斗，也必然来源于长期共同生活中的交往交流交融所带来的彼此依靠、相互成就。

内蒙古草原的宽阔无边哺育了内蒙古地区各族人民宽广辽阔的地区性格，正像巴·布林贝赫所指出的，“粗犷、开阔、宁静/是我们草原的性格，/也是我们民族的个性”[2]，因此当诗人从内蒙古出发，到其他民族聚居区，同样以亲人之眼看待其他民族，诗歌所流露出的民族团结之意同样强烈。《微笑的民族——访大理白族自治州》一诗中，诗人看到无论在四季流转还是在人来人往中，无论是座上的客人还是过路的行人，白族兄弟都海纳百川，“他们像鲜花绽开一般/微笑着向你走来”[3]。当诗人描述白族兄弟的善意时，读者看到的还有一个同样怀有善意的蒙古族诗人和各民族情感上相互亲近的善意。这份兄弟民族的善意也让诗人深入精准地说

[1] 巴·布林贝赫．命运之马［M］．杭州：江苏人民出版社，1983：29.

[2] 巴·布林贝赫．命运之马［M］．杭州：江苏人民出版社，1983：64.

[3] 巴·布林贝赫．命运之马［M］．杭州：江苏人民出版社，1983：73.

明蒙古族的马头琴和白族的龙头弦产生的文化地理因素和历史缘由，并概括出马头琴雄壮而龙头弦柔美的特点，“黑马长嘶与白龙鸣叫，雄壮曲调与柔美的歌声／正是中华民族交响诗中不可缺少的乐章”[1]，这正指出中华民族交响诗是主线和方向，而马头琴声和龙头弦声都是要素和动力，构成中华民族交响诗不可缺少的部分的同时也为其所包含。所谓各美其美、美美与共也正若此，中华民族共同体意识的结构性前提也正在此，民族团结的理想境界也正在于此，各民族之美的多元共创融于中华民族交响诗之一体，中华民族交响诗中凝聚着雄壮曲调与柔美歌声的多元，唯此才真正汇成了中华民族多元一体的格局与大美。

文化认同是最深层次的认同，也是命运与共实现的内在前提。民族团结、心向祖国的深情也来自巴·布林贝赫对中华优秀传统文化的认同，尤其是对现代文化的认同。诗人曾以《有的人》为题写出人性当中的卑劣与荒诞，这不禁让人想起中国现当代诗歌大家臧克家的名篇《有的人》，20世纪中国文化对蒙古族诗人的影响可见一斑。更有典型性意义的是巴·布林贝赫为纪念鲁迅诞辰100周年以《鲁迅》为题所写的诗歌。鲁迅被认为是中华民族的民族魂，也是中国现代文化的旗手和代表，《鲁迅》的写作缘起就显现出巴·布林贝赫对以鲁迅为代表的为国寻路、为民请命、批判反思自我的中国现代知识分子人格的认可和崇仰，而诗歌中，“你的墨

[1]　巴·布林贝赫. 命运之马［M］. 杭州：江苏人民出版社，1983：75.

迹，其实是中华民族的眼泪和血迹”“你的墨迹，其实是照亮黑夜的星火和呼唤白昼的晨光”[1]，已经完全没有差异性而只有中华民族的共同性。这表明，这位蒙古族诗人和他所在的地区，在文化上与自己的祖国母亲真正实现了命运与共。

事实上，深刻自觉的中华民族共同体意识不仅决定了巴·布林贝赫的诗歌内容和主题方式，也让他在艺术处理时将蒙古族史诗的遒劲风格同汉族诗歌意境相结合；将好来宝与祝赞词的直抒胸臆同国外诗歌的抒情性叙事相结合，并在多年的创作实践中成为诗人自觉的美学追求。这一美学追求的实现让诗人的诗歌形成了宽阔开放、自由灵动的美学风格，也精彩讲述了内蒙古各族人民同心建设、共谋发展、实现文化认同的地区故事。

[1] 巴·布林贝赫．命运之马［M］．杭州：江苏人民出版社，1983：67.

第三节　细读它浩渺奔流的史诗：安谧与《因为思念火的色彩》

1979年，很早就享誉中国诗坛，又在新时期进入新的生命阶段并获得新的创作灵感的诗人安谧，在自己的半百之年第九次到包钢体验生活，次年，诗人发表了《因为思念火的色彩》一诗。诗歌中写道：

因为思念火的色彩
和钢铁的声音
我又到包钢来了
这里有众多的
不同凡响的兄弟
我可以照直走进他们心里

还有那伟大的河

我想在它的岸边坐下来
细读它浩渺奔流的史诗[1]

诗中所写的“那伟大的河”，有多重蕴意。当然既可以理解为包钢所矗立的包头所依靠的黄河，也可以理解为是指包钢生产建设的火热历史河流，更指诗人一直身处的内蒙古的时代发展社会变迁所构成的历史长河，还可以指伟大祖国的历史长河。而“我想在它的岸边坐下来／细读它浩渺奔流的史诗”，则非常确定地凸显出诗人安谧所有创作的旨归：他始终都在投入这时代的洪流，更在思考与创作时安静地观察这条河流，将时代的浩渺奔流带给诗人的震撼、感动和思索，化作锦绣般美好的诗行，复又表现着内蒙古的浩渺奔流与壮丽无边。

安谧的诗歌内容和主题，主要有四个方面：作为曾经的骑兵，安谧以叙事诗再现并讴歌骑兵的义勇，反映了解放战争中骑兵的历史功绩；作为在25年间九次下包钢的诗人，安谧歌颂了包钢的拔地而起和中国人钢铁般的意志与火热的奋斗激情，社会主义建设的图景在他的诗歌中历历在目；作为将一切的情思都托付给了草原的诗人，安谧定格草原的速度和繁荣，并反映着草原文化的种种优秀；更可贵的是他以自己经历的民族团结故事，写出了内蒙古地区民族

[1] 安谧．安谧文集：第2卷［M］．呼和浩特：内蒙古人民出版社，2008：92.

团结、其乐融融如同一家人心手相连的深情。凡此种种，都反映出内蒙古的坚毅、壮丽、多姿与大爱。

在雪雾笼罩的草地上，
战士挥刀砍伐着黎明前的黑暗，
我们将是这样的人民，
…………
战士们一起向前，
像一个巨人在山上奔跑，战士们勇敢的行动，
像草原伟大的心脏在跳跃。
…………
我宁愿让山石，
掩盖起我的尸体，任何炮弹，
绝不能损伤我的灵魂！[1]

这段出自长篇叙事诗《勇敢的骑兵》中的诗句，写出了骑兵作战的目的、意义和他们威武不屈的军魂。“我们将是这样的人民，／脚踏草地，头顶着蓝天”，极为自信豪迈地想象着未来，而“战士们勇敢的行动，／像草原伟大的心脏在跳跃”“任何炮弹，／绝不能损伤我的灵魂”，写出了为国牺牲的骑兵们的英武、

[1] 安谧．勇敢的骑兵［M］．北京：中国青年出版社，1956：37—43．

坚强以及为了国家和人民而战的军魂，这也就写出了哺育骑兵的草原的性格。

骑兵题材的叙事诗和歌剧写作，是安谧创作之初的重头戏。安谧的骑兵题材创作与个人经历息息相关。1948年，21岁的安谧加入了中国人民解放军，成为内蒙古军区骑兵一师的一名战士。他甚至在某一次锡林郭勒盟白旗剿匪作战中，从马上摔下，差点儿失去生命。真枪实弹的戎马生涯成就了作为剧作家和诗人的安谧，这让他深知胜利的来之不易。安谧创作初期写作的《威武的骑兵》（1950年）、《乌恩山》（1951年）、《骑兵进行曲》（1952年）、《肯特山》（1953年）都是关于骑兵的题材，而真正让安谧声名鹊起的是1956年长篇叙事诗《勇敢的骑兵》的发表和传播。

《勇敢的骑兵》共1008行，发表在《解放军文艺》1956年第1期，作为头条推出。随即，《勇敢的骑兵》在中国青年出版社出版，上海文艺出版社再版，中央人民广播电台配乐朗诵播出，更多的听众知道了草原上的骑兵们的英雄事迹。后来《勇敢的骑兵》又被诗人的好友，同样精于叙事诗写作的蒙古族诗人其木德·道尔吉翻译成蒙古文，由内蒙古人民出版社出版。因为长诗生动刻画并塑造了以乌恩·巴图和朝鲁为代表的骑兵形象，描写了解放战争中骑兵战士们舍生取义的英雄气概，《勇敢的骑兵》于1956年获得中国人民解放军总政治部创作优秀奖，1957年获得庆祝内蒙古自治区成立十周年文艺创作奖二等奖。

《勇敢的骑兵》一诗的创作基于真实的历史事件。1947年11

月，正是解放战争取得胜利的关键时期，当时的骑兵连连长、共产党员乌恩·巴图奉命带领一个班在察哈尔草原的正白旗八苏木山阻击国民党汽车队，掩护我军主力部队转移。正白旗八苏木山是当时的明安旗、正白旗、镶白旗解放区防范国民党进攻的天然屏障，为了彻底消灭国民党反动武装，坚决保卫红色政权和人民群众的生命财产，我军曾在这里进行了多次胜利的战斗。这场阻击战是一场敌众我寡之战，但又必须打，从而为主力部队转移争取足够的时间。在壮烈的战争之中，乌恩·巴图身先士卒、英勇杀敌，击毙敌团长1名、士兵30余人，圆满完成了掩护任务，但终因敌众我寡、弹尽粮绝而光荣牺牲，牺牲时才24岁。为了纪念骑兵乌恩·巴图大无畏的革命精神，他所在的骑兵十六师报请中共察哈尔盟工委批准，命名正白旗八苏木山为乌恩·巴图山。

为了写好《勇敢的骑兵》，本来就是骑兵出身的安谧翻阅了大量的史料，采访了众多战友，实地考察了巍峨险峻的乌恩·巴图山，他在返回故地的写作过程中被以乌恩·巴图为代表的骑兵们大无畏的革命牺牲精神所感动、感染，于是激情抒写了内蒙古骑兵用年轻的生命保家卫国的英雄壮举。当时，安谧已经对写歌剧、散文非常熟悉，但他还是选择了长于反映重大历史事件、抒发饱满激情、展开人物形象塑造、反映矛盾冲突的长篇叙事诗来表现骑兵英雄们的义举。

事实证明，安谧以强大的艺术概括力、宏阔的视野、精微的细节，创造性地写出了骑兵的特点。首先是速度快。当乌恩·巴图在马上飞驰时，“急风扯起他的大氅，／鞍韂上的银钉闪闪发光，／牧民们打开包门窥视／以为神鸟在低空飞翔”[1]。而和人民永远站在一起的特点则通过骑兵们勇武的战斗体现，也通过骑兵面对饱受剥削压迫的老牧民的酸楚实现，“老人黯淡的眼睛深处，／潜藏着海洋般的忧伤，／泪水簌簌地落下来，滴在乌恩酸楚的心上”，这节诗歌在表现牧民深重的苦难和乌恩与牧民同命运的酸楚时，既有诗意又极具表现力。“乌恩和他的战友们，／提缰跳过十尊大炮，／把手慌脚乱的敌人／像割草一样地砍倒”“战士们沉重浑厚的脚步，／像一个巨人在山上奔跑”[2]，就创造性地概括出内蒙古骑兵的形象，刚毅、威武、果敢、团结，临危不惧、排除万难，在无数次严峻的出生入死中仍能横刀立马，抱着赴死的决心抵御外敌。后来者在触摸乌恩和他的战友们战斗的那段历史时，必然也将受到骑兵英雄气概的感召和教育，并爱上这些最终为国捐躯的英雄。事实证明，策马疾驰在北疆曾经布满冰雪的大地上，为新中国的诞生立下赫赫战功的乌恩的传奇故事早已被人民铭记在心中。不光是后来“乌恩的名字，／却传遍了草原”，而且“据说在草原喧腾的傍晚，／牧民们都望着青石板似的蓝天，／战马驮着一个勇敢的骑兵，／飞行在星星中间”[3]。

[1] 安谧．勇敢的骑兵［M］．北京：中国青年出版社，1956：16.

[2] 安谧．勇敢的骑兵［M］．北京：中国青年出版社，1956：40.

[3] 安谧．勇敢的骑兵［M］．北京：中国青年出版社，1956：52.

心呵，像在星海中盘飞
满怀崇敬，举起了银碗
群岭呵，闪开些吧
让我们把祖国的十月看看
她雄伟的身姿
她的宏图壮志、锦程璀璨
她真理的火炬
把千山万水照遍

这样的节日定要到来
全世界将围在一张桌子旁边
谈着小麦、诗歌、友谊
共享和平的喜宴

心呵，像在繁星间翻飞
满怀崇敬，举起银碗
为了祖国光辉的十月
把新酿的奶酒饮尽[1]

[1]　安谧．安谧文集：第1卷［M］．呼和浩特：内蒙古人民出版社，2008：120—121.

这首《喜宴》写的是以骑兵为代表的革命战士用生命换来了一个美好的祖国，这个美好的祖国和它浩渺奔流的史诗，安谧写了40年。除了骑兵题材的诗歌，安谧在40年的诗歌创作历程中，用心感受祖国的宏图壮志，写下了包钢建设的故事；用爱感受祖国的锦程璀璨，写下了草原的疾驰和开阔；用情感受祖国各族儿女围在一个桌子旁边的融洽友爱，写下了民族团结的故事。

草原上挺立起钢的城。举全国之智慧和力量，齐心协力建包钢是一个奇迹，也是一部史诗。1953年，我国开始实施第一个五年计划，156项重点工程当中，包钢是其中一项。服从国家工业建设需要，“到包钢去！”成为当时全国各地有志之士内心的呼唤。各民族年轻的建设者们就坐着穿过山谷、森林、原野，沿着地面激情飞翔的火车来到包头。进入这座大道宽阔的城市，人们看到的是生产建设激情燃烧的场景：红扑扑的脸庞上，快乐在涌动；黑色的眼睛里，智慧在闪耀；快速的行走中，力量在横溢，这正好的青春啊，全都献给包钢！27岁的安谧，带着创作任务也来到了包钢！

安谧看到了一穷二白基础上发展工业的艰难和从不怕难的壮志在直飞云霄，将一切不可能变成可能。他用“最初的车间”这充满希望的标题反映了这一切：“架起树枝 / 搭上席片 / 这是我们最初的车间 // 羊儿吻着我的裤脚 / 云雀落在我的双肩 / 我站在青光闪射的车床前面 // 当我把机器开动 / 茫茫的羊群沿着草地流涌 / 云雀带着机器的／鸣响，钻入云层。”[1]钢铁炼成的同时，更重要的是，那种齐心协力发展工业建设国家的钢铁般的意志，打动了诗人。

此后，包钢成为安谧创作的又一个关键词，反映包钢建设的佳作汩汩而出，《钢铁的歌》是影响极大的一首，“包钢，前进吧／向和平与劳动／进军／真理／钢铁／在我们的手里／我们要在这里筑起／强大的堡垒／让战争在未来的世界／绝迹／包钢啊，你生产大量的／镰刀／和钢琴／让祖国的大地和天空／充满／铁锤和诗歌的声音”[2]，这些诗句以文学的形式礼赞包钢，呼唤和平，歌颂生产建设，更鼓舞士气，讴歌人民。包钢因为诗人的书写，以挺立的姿态出现在世人的视野里。

1979年，安谧第九次阔步走在包头的钢铁大街上，这一次安谧看到的是一个高科技加持的飞速发展的包钢。他写创造包钢发展奇迹的包钢工人们，在《因为思念火的色彩》中，他说他们作为祖国的建设者是“不同凡响的兄弟”；而在总是热火朝天的生产建设现场，细究钢铁怎样炼成的过程，诗人感到，“细想起来，也真／叫人不寒而栗呢／矿石被唤醒／被爆炸，被粉碎／被筛选／被千度烈火燃烧／被化作铁水／被除渣，再被加热／苦炼成型，闪着翠光／才被叫作钢／但我还是签了名／让工程师把我拿去吧／因为我太向

[1]　安谧．安谧文集：第1卷［M］．呼和浩特：内蒙古人民出版社，2008：8．

[2]　安谧．安谧文集：第1卷［M］．呼和浩特：内蒙古人民出版社，2008：15—16．

往那／铮铮有声的东西”[1]。这几行诗中有矿石被百炼成钢的感慨万千，这感慨构成了诗歌的低回或曰低声部，但更多是对“铮铮有声的东西”的向往，这构成了诗歌高亢有力的部分。这铮铮有声的东西，指的正是在包钢几十年的发展过程中，所显示出来的齐心协力的力量、发展强国的铮铮铁骨，以及经过千锤百炼终于铸成的民族的钢铁脊梁。

除了处在内蒙古西部地区的包钢，内蒙古的社会主义生产建设场景当然还有很多，这些都吸引着年轻的安谧。1954年，安谧还同著名的蒙古族诗人纳·赛音朝克图去海拉尔、抗日革命根据地长白山和阿里河深入生活、扎根人民，全方位地感受着内蒙古东部地区社会主义生产建设的蒸蒸日上。

在阿里河采风时，安谧亲眼见到鄂伦春族生产生活的巨大变化，他用长诗《鄂伦春之歌》表现了鄂伦春族当时富足进取的整体面貌。鄂伦春族是我国人口较少的民族之一，主要居住在内蒙古自治区呼伦贝尔市和大小兴安岭一带，历史上曾以狩猎为生产生活的主要方式，20世纪50年代走出山林下山定居后，发展了农、林、牧等多种经济。

“阿里河／把你波浪滔滔的语言给我／让我说出兴安岭的威严／森林的繁茂／和太阳下杜鹃花的颜色／说出网状的闪光的河

[1] 安谧. 安谧文集：第2卷［M］. 呼和浩特：内蒙古人民出版社，2008：85.

流／牡鹿的形象／风驰电掣的火车／说出马背上鄂伦春坦然的神态／河边“噼啪”作响的篝火／说出神话一样出现的城镇／和窗前恋恋不去的云朵／说出风柔和的手指／一次次测量我体温的凉热／昨日无知的云雾还遮住我的视线／阿里河呀／如今一站在你的岸边／一切都这么新鲜、亲切∥松木香味流到街上／青杨和炊烟相邀／并肩伸向太阳／青砖绿瓦／房屋崭新／房前屋后／小溪潺流，闪闪发光／娇小的鹿羔从栅栏里回过头来／和聪明羞怯的女孩儿一样／小伙子坐在门口／牙齿雪白，笑着，擦着枪／远处，伐木者走进密林／铁道兵攀上石崖／云朵停在肩上／呵，阿里河呀／很远就嗅到你均匀有力的呼吸／听见你结实的骨节隐隐作响”[1]，这里，诗人用一颗柔软而感动的心，写出了生产生活方式发生巨大变迁的鄂伦春族所迎来的美好生活，有风驰电掣的火车在疾驰，带来新的消息和新的生产建设者；有神话一样出现的城镇和青砖绿瓦的崭新房屋，诉说着新生活的安然美好从何而来；更有娇小的鹿羔在探头探脑，伐木者走进密林和铁道兵攀上石崖，诉说着新希望生生不息，而新生活仍然在推动更新的愿景实现，“马背上鄂伦春坦然的神态”，正是一个新生的民族也是新生、发展、跃进的内蒙古的神态。

“咱们一块儿来就好了∥母亲问我：三十多年了／难道还不曾

[1]　安谧. 安谧文集：第1卷［M］. 呼和浩特：内蒙古人民出版社，2008：237—238.

住够吗／那边究竟有些什么／有什么值得留恋//我怎么回答才好呢／无论漫漫草地／莽莽林海／还是气薄云天的大山／峭岩上的雄鹰／她没有见过／还有粗犷、壮阔的／北方特别的魅力／我真不知道从何说起//如果你在场，让母亲／看看你的脸就行了//母亲问我：五十多岁了／难道还不想回家／那边的人再好／能像自家的兄弟和邻居//我怎么回答才好呢／无论举在我面前的微颤的奶酒／骑马向我奔来的孩子／还是搭在我肩上的大手／并辔缓行时微笑的一瞥／她都没有见过／还有那宽厚、诚挚的／牧民特有的气质／我真不知道从何说起//如果你在场，让母亲／看看你的眼睛就行了。”[1]

安谧这首写于1982年的《土地·兄弟》，以母亲呼唤游子归来并与游子对话的方式，以面对同胞兄弟的赤诚，剖示自己对第二故乡草原难以割舍的深沉爱恋。少年离家在草原入伍，青年时在内蒙古转业从事文学创作，足迹几乎遍布整个内蒙古，在锡林郭勒下乡时学会了放牧、打草、剪羊毛、汲水，找到了对抗暴风雪、严寒、孤寂、疾病的方法，又学会了蒙古语，安谧将自己的一切都交给了草原。辽阔、无垠、丰厚的草原和草原上人们的善良、敦厚、勤劳也给了安谧开阔、深刻、坚忍、深沉，草原的一切，都被安谧写在诗歌当中。安谧的诗歌，几乎有一半写草原和草原上的人们。

[1] 安谧．安谧文集：第2卷［M］．呼和浩特：内蒙古人民出版社，2008：252—253．

其中，草原上的万事万物中，安谧投入感情最多的是骏马。20世纪50年代安谧创作《勇敢的骑兵》时，就以“穿过草地／飞过山岗／我们的战马扬起风暴／冲进枪林弹雨的战场”[1]而塑造了一匹一往无前的骏马的形象，这战斗中的骏马，与自己马背上的骑兵一样刚烈坚毅，为了祖国和人民义无反顾。同时，这骏马又始终是骑兵忠诚的战友，如同“钢铁的翅膀”一般伴随骑兵出生入死。在乌恩胜利的时刻，“让心爱的铁青骏马，／紧靠在他的身旁”，而在乌恩最终“为了掩护同志们撤退，／乌恩把炮火引在自己身上，／他背倚着雄巍的石壁，／铁青骏马站在他的身旁”[2]，这就写出了草原上骏马和它的主人肝胆相照的关系——他们是亲密的伙伴、同心的战友，是生死之交，也是彼此品格的镜子。

正像蒙古族史诗和传说中的骏马有着神格化和人格化的特征，安谧爱马，也让自己诗歌中的马有着和人一样的性格特征。20世纪60年代，安谧在《草原的马》中写道：“草原上的马／血管中窝着风暴／心中有呼啦啦的火把。”[3]这里，马与人一样，有爱恨情仇也有忠肝义胆。诗人当然也用一次次上马形容生命中的一次次再出发。20世纪70年代，安谧在表现自己的人格时说：“我手扶鞍鞒／准备上马的时候／无意中发现／我投在地上的影子／跟年轻时一

[1]　安谧．勇敢的骑兵［M］．北京：中国青年出版社，1956：34.

[2]　安谧．勇敢的骑兵［M］．北京：中国青年出版社，1956：48.

[3]　安谧．安谧文集：第1卷［M］．呼和浩特：内蒙古人民出版社，2008：263.

样笔直。”[1] 这里马是人生命出发的重要凭借，也是正直人格的见证。对于马的铮铮铁骨，安谧是倾心和崇敬的。20世纪80年代，安谧在《站马》中写，“马背上／插一支箭∥千年过去／它仍凛然站着”[2]，马的傲然不屈在多少年后还力透纸背。马的迅疾，在安谧笔下是这样的：“白马狂奔着／横飞的箭羽也无非如此。”[3] 而当诗人说“马尾横飞／悠长的牧歌／伴着我的女孩儿回来了”[4]，这是以马标记自己生命中的重要时刻；再说“有人说，它生成于／太阳和月亮的手掌／灵气透体／四肢饱和了／风雨的急骤”[5]，这是以马表现生命穿越风雨的力量。这时，马就成了精灵，也成为无言接纳风雨、承载风雨的草原内在精神的真正代言。

“爬山了／把手给我∥涉水了／把手给我∥暴风雨来了／把手给我。”[6] 这首流泻着温情、表达着信任的诗歌名为《手拉手》，写的是内蒙古各民族兄弟姐妹同心同德、同甘共苦、守望相助的情

[1] 安谧．安谧诗选［M］．呼和浩特：内蒙古人民出版社，1985：102.

[2] 安谧．安谧诗选［M］．呼和浩特：内蒙古人民出版社，1985：158.

[3] 安谧．安谧文集：第3卷［M］．呼和浩特：内蒙古人民出版社，2008：140.

[4] 安谧．安谧文集：第2卷［M］．呼和浩特：内蒙古人民出版社，2008：177.

[5] 安谧．安谧文集：第3卷［M］．呼和浩特：内蒙古人民出版社，2008：145.

[6] 安谧．安谧文集：第3卷［M］．呼和浩特：内蒙古人民出版社，2008：129.

境。此情此景得来也是基于诗人自己的亲身经历，而诗人与很多蒙古族朋友结下了亲人般的感情，这本身就是民族团结的典范。1983年，安谧获得内蒙古自治区民族团结先进个人的殊荣。他最好的朋友中很多都是蒙古族，比如著名的蒙古族诗人其木德·道尔吉，不仅翻译了安谧的诗歌，生活里俩人也相知互助；再如著名的蒙古族诗人纳·赛音朝克图与安谧一同深入生活，结成了亦师亦友的关系。生活在一个民族团结、亲如一家的内蒙古，安谧写下了这样一个团结互助、肝胆相照的内蒙古。

“在你的家乡巴林相聚／是我们多年的愿望／如今，我终于来了／本应让欢快的歌儿／飘洒一路／谁料，我却止不住哽咽／把热泪滴在你家门口／据说，人之将老／会还童归璞／一语可测出泪花／一念能激起笑容……//其实，我们大半生／都跟小孩儿一样／尽管挫折像影子伴在身边／可我们总是憨笑着／我说老兄呵／琴弦调好了吗／我已嗅到“老窖”的清香……”[1]

很多年以后，安谧还能回想起与自己的同事兼挚友其木德·道尔吉交往的点点滴滴，他们是生死安达。年轻时，他们一起在内蒙古大学上文学研究班，极大提升了彼此的创作水平；中年时，他们一同被下放到集宁，也一同在彼此生命最痛苦的时光以诗以酒相扶相持渡过难关；甚至其木德·道尔吉住院时还在说：“安谧，把我

---

[1]　安谧．安谧文集：第2卷［M］．呼和浩特：内蒙古人民出版社，2008：75—76.

手给你，握紧！”这种生命相伴几乎是上天赐予，但也靠两颗水晶般的心灵几十年的彼此信赖。也因此，当诗人在自己挚友的家乡写下《其木德，我来了》时，也写下了个体意义上的命运与共之歌。

这命运与共之歌，也可以在两个惺惺相惜的大诗人安谧与纳·赛音朝克图之间唱出。安谧与纳·赛音朝克图曾一起深入生活，一同感受社会主义生产建设现场人们的神采飞扬、不同民族文化的多元朗阔、峰峦的巍峨壮观、森林草原的生生不息，经历同样历史纵深的两位诗人因为所有这一切而诗情高涨、诗意涌动、诗兴大发，他们蘸着心血和汗水，写下那些歌颂祖国建设发展、歌颂党的好政策的诗行，共同传播着祖国的美好，而这些诗行最初的读者，便是他们彼此。

“你坐着／纳·赛／膝盖紧挨着膝盖／两手叠在一起／生怕多占一丁点地方∥我把我的头顶着你的头／听你丝绸般的语言／读你刚刚写完的新诗／醇香、甘美／像鲜奶流入我的血管／甜透了我的心∥我们马镫撞击着马镫／任马儿随意跑／任“褐色的鹰”自由飞／任夏风吹起头发／任阳光跳跃在肩上／若想到历史也会翻脸／就不会那样过分天真∥入夜，加上阿佳（纳·赛夫人）／蒙古包怀揣我们三人／我们躺着，头顶头谈笑／简直没完没了／直到阿佳发出深沉的呼吸／星星在天窗里旋舞∥长夜过去／你不见了／蒙古包前，我孤零零站着／倚着马／拣起你留下的特尔丽克／亲吻。”[1]

在这首悼念老友的诗歌中，安谧用话剧般的场景、明亮的色调、手足的温情、盎然的诗意，写下了这种心心相印、相知相伴的美好。或许命运与共还可以如此理解，他们在用情用心用力歌颂伟大祖国时，也是彼此呼应、互相激发的，他们以各自的歌声，共同汇入了歌唱祖国的壮歌。

让我们回到很多年前，骑兵安谧被救的场景。那是在茫茫的草原上，从马上摔下又骨折的安谧，在绝境中被一个叫杨吉玛的善良的女牧民救起，她给了他救命的一只手，又用双手把他放在勒勒车上，才有了后来作为诗人的安谧。或许从那时起，民族团结、守望相助就已经是这位诗人心中的一粒种子，在母亲般的内蒙古，穿越四季的风雨与风雷，“爬山啦／把手给我∥涉水啦／把手给我∥暴风雨来啦／把手给我”[2]，这是各民族兄弟姐妹对安谧说的，也是安谧说给他的各民族兄弟姐妹的。“把手给我”，直到今天，它还在说出命运与共所喻示的最初的接纳与最深的信赖，这，也是时代浩瀚奔流最重要的基础。

[1]　安谧．安谧文集：第2卷［M］．呼和浩特：内蒙古人民出版社，2008：78—79.

[2]　安谧．安谧文集：第3卷［M］．呼和浩特：内蒙古人民出版社，2008：129.

第四节　一路高歌的内蒙古：阿古拉泰与《仰望一匹腾飞的骏马》

在内蒙古，每一位诗人的心中都铺展着缤纷的大地，弥漫着醉人的草香，荡漾着澄澈的湖水，耸立着同一座栉风沐雨的高原。

有着赤子情怀与大地根系的诗人阿古拉泰，青草、骏马、田畴、漠野、雄鹰与连绵起伏的山河，构成他生命的呼吸，连贯成诗篇的血脉，这些朴素而须臾不可离舍的物象，共同构筑起阿古拉泰诗歌的精神家园。

“一棵草紧挨着另一棵草／一双手紧拉着另一双手／一个梦紧连着另一个梦／一颗心紧贴着另一颗心//不管季节吹过怎样的风雪／不管天边刮来怎样的黄沙／一场狂雨洗过之后／没有一棵小草离开过深情的牧场。”[1] 这就是诗人阿古拉泰对青草根脉抓紧大地的体悟，对一棵青草乃至整个草原矢志不渝的由衷赞叹！

[1]　阿古拉泰．阿古拉泰的诗［M］．海口：南方出版社，2016：19.

这些满载了阳光和星辉的青草，在我们的眼前行走起来，他们手挽着手，根连着根，交谈着生命中的往事，告诉你，在内蒙古这片热土上，我们各民族的兄弟姐妹就这样你中有我、我中有你、谁也离不开谁地穿越四季的风雪而生生不息……

“母亲站在蒙古包前／一棵青草站在母亲的旁侧//母亲默不作声，这棵草也跟着默不作声//多少儿女都已长大成人远走他乡／只有毡房旁这棵柔韧的嫩草／还牵着母亲温暖的袍子//母亲啊，我就是那棵没出息的草／风里雨里，从来没有松开过／对您的依恋。”[1] 这是一个赤子啼血的呼唤，又何尝不是在深情表达内蒙古各民族儿女对祖国大家庭深深的依恋呢？！

阿古拉泰一以贯之地赞叹着高原上的精灵——吃苦耐劳、一往无前，不达目的绝不罢休的蒙古马。在《浅草上的蹄花》中，诗人唱道：“这是春风五月／天空还没有转过身来／但大地已经苏醒／一棵探头探脑的小草／嫩得让人心疼／一匹小马驹喷着鼻响／它还不知道春天的深浅……内心的风吹来／浅草上的蹄花／就开遍了整个牧场。”[2] 同样，在《秋天的牧场》里诗人的感觉更加精微而玄妙：“牧场越来越近／越是近了越有一种不敢靠近的感觉……因为风／一匹马成为一个人内心／奔走的火焰。”[3]

对于骏马，阿古拉泰有着深刻的情感依恋，但他看马写马从未

[1] 阿古拉泰．阿古拉泰的诗［M］．海口：南方出版社，2016：53.

[2] 阿古拉泰．阿古拉泰的诗［M］．海口：南方出版社，2016：3.

[3] 阿古拉泰．阿古拉泰的诗［M］．海口：南方出版社，2016：36.

拘囿于单纯的个体生命体验和在族群里闻悉的嘶鸣，诗人心中的马乃是属于天空大地和远山阔水的精灵，又是生死相依、肝胆相照的伙伴。历史意识的注入，让阿古拉泰笔端的骏马意象担负起了新的意义内核和诗学功能，那就是载录改革开放30年内蒙古发展一日千里的精神风貌。意象经营上的新变，标志着阿古拉泰写作从未间断的自我超越，也让诗人的诗篇打开了宏阔的社会历史空间，有着深邃的底蕴与更为厚重的社会历史内涵。

在《仰望一匹腾飞的骏马》中，诗人以起承转合的诗歌内在结构为内蒙古画像，为祖国北疆抒怀。“骏马起跑了／它的目光如闪电穿破黎明的云雾／它的蹄声像战鼓敲碎了冬天里的坚冰。”[1] 骏马起跑，引领读者的遐思驰骋在广袤无垠的草原上，领略无处不在的发展变化，全方位细描着奔腾向前的时代。而“骏马起跑”，也构成了诗人情志抒发之“起”。

天高地阔、资源富集，在诗歌“承”和“转”的部分，诗人写到经由热切的期待、持续的反思以及现代化的高歌猛进加持，丰饶的绿色成为内蒙古前行的主色，并成为“祖国胸前”“一道壮丽的风景”[2]。这里构成诗歌“合”的部分。而“祖国胸前”一语既指内蒙古处于北疆的特殊地理位置，更在表达内蒙古与伟大祖国的血脉相亲，饱含着为祖国腾飞而乐于奉献的深情与豪迈。

---

[1] 阿古拉泰．阿古拉泰的诗［M］．海口：南方出版社，2016：184．

[2] 阿古拉泰．阿古拉泰的诗［M］．海口：南方出版社，2016：185．

可以说，诗人阿古拉泰为内蒙古新时期改革开放的进程留下了艺术的、审美的背书。仅仅是记录还不够，诗人还在凝眸找寻30年来内蒙古飞速发展、快速崛起的神奇密码：“回望天边的云彩／三十年的实践凝成一道绚丽的彩虹／是党的民族政策的阳光雨露／是十一届三中全会的细雨春风／二千三百万各族人民心手相连／草原驾着时代的风飞速前行。”[1] 这里，诗人指出内蒙古有了党的民族政策的光耀普照，又有了各族人民团结一心的守望相助，北疆才成为一道亮丽风景，跨越式的发展才得以真正实现。

历史的与美学的统一，这种“诗史”的创作倾向的形成有其必然性。阿古拉泰出生于20世纪50年代，在农牧交错交融的科尔沁出生成长，古老的民歌、英雄的传奇、红色的历史滋养了他，经历特定历史时期的潮起潮落以及时代的风雨雷电，都让诗人的诗思伴随着深长的历史视镜。从蒙古族文化的根部汲取营养，又在中华文化与中国绘画方面获得淬炼，多重文化场域的辗转跋涉，让阿古拉泰的视野极为开阔，他对脚下的土地，对众鸟高飞的内蒙古的爱恋，一往情深、铭心刻骨。然而，根植生命深处的挚爱并没有取代理性的审视与反刍，且对时代足音与风云过往都保持着深刻的洞悉，于是，饱含激情的诗行间，往往蕴含着深邃的思考，这让诗人爱北疆爱中国的情思格外悠长、厚重而又浓烈。

阿古拉泰一唱再唱心中的挚爱，追溯着这一片土地上的光辉

[1] 阿古拉泰．阿古拉泰的诗［M］．海口：南方出版社，2016：186.

足迹、现实脚步和美好愿景。《骑兵通过天安门广场》以其非凡的想象力和戏剧化场景，再现了为共和国的黎明抛头颅洒热血的骑兵，在国庆阅兵通过天安门广场时的全部荣光与骄傲。骑兵通过天安门广场，由白色、红色、黄色的战马组成了不同的方阵，扬鬃奋蹄踏响了历史的回音，也激发了诗人的联想和想象。由白色方阵之“白”，诗人联想到骑兵“用马刀挑破长长的夜色／驰骋在白雪覆盖的北方大地”[1]，生动地讲述了骑兵战士忠诚无畏、踏冰卧雪为祖国而战的艰苦卓绝；由红色方阵之“红”，写出了历经血与火的洗礼，一颗红星佩戴在头顶，“照亮的是一个民族的前程”[2]；由黄色方阵之“金黄”，辉映胜利的喜悦、荣耀和站起来马裹雄风的自信。至此，千里越野作战，用无数牺牲迎来光明的骑兵功勋获得了诗意的呈现。从白色的圣洁肃然，到红色的赤诚义勇，再到金色的灿烂辉煌，三重颜色之变，带来的是不断被强化的情感力度与丰富的色彩饱和度。之后，震撼人心的艺术力量在骑兵与党和国家领导人的对话中达到沸点：“人民骑兵万岁满达！”这亲切的、富于豪情的应答直冲云霄，在和平鸽盘旋的历史天空中久久回荡，将骑兵战士为光明而战的横刀立马、忠诚义勇表现得坚定雄壮、明朗照人。

[1] 阿古拉泰．阿古拉泰朗诵诗文选［M］．呼和浩特：内蒙古人民出版社，2021：24.

[2] 阿古拉泰．阿古拉泰朗诵诗文选［M］．呼和浩特：内蒙古人民出版社，2021：25.

所有的荣光和骄傲皆来自黎明与黑夜的殊死搏斗，来自赴汤蹈火的浴血奋战与英勇牺牲。这里，既有特等战斗英雄郜喜德、浩特劳写实的无悔坚定与真情告白，也有三位由无数英烈鲜血染红的名字幻化而成“合金凝铸”的骑兵勇士：革命、永生和解放。他们在硝烟已然散尽的拂晓，行进在用理想信念铺就的广场上，为所有死去和活着的钢铁骑兵代言。以英魂的出现告慰天地，在诗歌中展现出极具创造力的表现，构成了《骑兵通过天安门广场》雄浑壮丽的华章。在这里，诗人设计了一个动人心魄的话剧场景。“革命”自述，在他心里有一盏寻找光明的灯，“小小火苗能为初升的太阳带来一丝温暖／我的眼前就是一片光明”，极具生命质感地道出了每一个不曾留下姓名的牺牲战士的心声，令人潸然泪下。“解放”讲述着为了解放的甘愿付出：“我叫解放／解放就要抡圆了马刀／砍伐那些罪恶的世界。”他的战马和右臂全都被战火炸飞了，而在这胜利光荣的时刻，他举起残存的左臂，“向我的战马和右臂／庄严敬礼”！读来令人震撼、心潮起伏、思绪难平。“永生”，是“所有为了迎接共和国的曙光／让鲜血化作火海燃烧不息的战士的名字”，是所有牺牲了的骑兵战士的共有之名。在胜利的泪水遍洒广场的此时此刻，“革命”和“解放”让读者真切感到骑兵鲜活个体的存在，而“永生”，则让读者看到排山倒海、钢铁洪流的坚强不屈与不可战胜。在祥云缭绕的历史天空上，所有的牺牲都以另外一种方式名垂青史，骑兵和他们的战马建树的不朽功勋，以燃烧的血色“汇入了中华长河的千顷波澜”！

阿古拉泰在他的创作中着力追求着某种笃定的信念，从而为内蒙古的忠诚一次次生动显影。《一匹蒙古马和它的故乡》借由一匹跨越千山万水、百折不挠奔赴故乡的蒙古马表达着赤诚。这赤诚，“像血，是钢”[1]，忠诚的不可或缺与执着坚定由此奔涌而出。这是蒙古马的鲜明特征，也是哺育蒙古马的辽阔大地的内心定力。

在《青春草原》里，以“我领悟着青春一样广阔的草原”[2]描摹草原的特点，“青春一样的广阔”别出心裁地写出了内蒙古“广阔”的与众不同，它是带着内涵的、有着多种可能的、清新向上的、跃动着生命力的广阔。“一棵牧草打马远去／一曲长调顺风成长／一碗奶酒湖水一样照亮世界／一群牛羊游荡成满天的云彩／那篝火般燃烧的激情／走过一万里路／还有增无减”[3]，这样的激情是草原独有的，也让人深信北疆的草原永远是富有活力的。

《鹰的翅膀》中，“展开一泻千里的草原、奶酒和琴声／展开浩渺的时光、梦想与永恒的爱”[4]，让读者领略到广阔之外的高远恒久。“像一棵草一样行走／用自己的瘦，用自己的小，用深绿色的骨头／像一棵草一样行走／雨来了，不打伞，风来了，就顶着

[1] 阿古拉泰．阿古拉泰朗诵诗文选［M］．呼和浩特：内蒙古人民出版社，2021：131.

[2] 阿古拉泰．阿古拉泰朗诵诗文选［M］．呼和浩特：内蒙古人民出版社，2021：138.

[3] 阿古拉泰．阿古拉泰朗诵诗文选［M］．呼和浩特：内蒙古人民出版社，2021：138.

[4] 阿古拉泰．阿古拉泰的诗［M］．海口：南方出版社，2016：9.

风迈开步子／像草一样行走，不能在泥土中扎根／就在石头缝里跋涉”[1]，诉说的是执着坚韧。所有这些，也正是幅员辽阔、历史厚重、绿色盎然、和谐相守的内蒙古的特点。

广阔、高远、坚韧又衍生出了包容宽厚、美美与共等同样成为地区精神的特质。在《彩石——献给海纳百川的阿拉善》中，诗人写阿拉善的广阔包容体现在一条街上，“一条小街五味俱全，就连那／热情的南腔北调，也都开胃解馋”[2]，诗人历数种种风味口味，读者了然，全中国的东西南北菜肴原来都能在阿拉善的土地上扎下根来又摇曳多姿；而对南来北往的人，“不论你是淘金者还是探险家／额济纳总是以一颗心暖化冰霜／一峰倔强的骆驼拴住胡杨／这，就成了咱们共有的家园”[3]。共有家园美好到“没人分你是汉族我是蒙古族／谁是外来人谁是本地人／大家都是阿拉善人／倒是汉族说着一口流利的蒙古语／蒙古族讲着五味俱全的各地方言”[4]，你中有我、我中有你，难分彼此。

这就是内蒙古，这就是谁也离不开谁的共有家园的样子！而命运与共正来源于用爱和信任，让多彩各美其美，让多声部和谐交

[1]　阿古拉泰．阿古拉泰的诗［M］．海口：南方出版社，2016：5.

[2]　阿古拉泰．阿古拉泰朗诵诗文选［M］．呼和浩特：内蒙古人民出版社，2021：187.

[3]　阿古拉泰．阿古拉泰朗诵诗文选［M］．呼和浩特：内蒙古人民出版社，2021：187.

[4]　阿古拉泰．阿古拉泰朗诵诗文选［M］．呼和浩特：内蒙古人民出版社，2021：187.

响。

《高原上的雁阵——献给第三届内蒙古蒙商大会》是对蒙商、新时代的旅蒙商、新蒙商的情感表达，抒发了祖国北疆的时代精神。第一篇章《八月的雁阵：蒙商归来》："这，是草原的天性啊：地阔天高／这，就是牧人的本色：勇于担当。"[1] 而蒙商诚实守信，"你们的声誉，是大草原最真实的形象"[2] 。第二篇章《安达：新时代的旅蒙商》中，"让天南地北的商机、财富和欢笑／在绿地上生根，发芽"，这正反映出内蒙古的包容与开阔，"南腔北调、东海西域／大草原让咱们共有一个家"，写出了包容、开阔、友善让来自四面八方的人在内蒙古结成了安达[3] 的深厚情感。第三篇章《落地生根：为新蒙商歌唱》中，诗人认为壮美的高原和历史久远的商业传统诠释了"诚信、勤劳、协作、共赢的精神"，这一精神品质，未尝不是进入新时代着眼于高质量发展的时代风尚与气韵，拥有"我们守望相助，团结奋斗，一往无前"[4] 这样的精神气质，由此能够"让内蒙古这匹驰骋的骏马／插上腾

[1] 阿古拉泰．阿古拉泰朗诵诗文选［M］．呼和浩特：内蒙古人民出版社，2021：200.

[2] 阿古拉泰．阿古拉泰朗诵诗文选［M］．呼和浩特：内蒙古人民出版社，2021：202.

[3] 安达：蒙古语，意为兄弟。

[4] 阿古拉泰．阿古拉泰朗诵诗文选［M］．呼和浩特：内蒙古人民出版社，2021：208.

飞的翅膀”[1]。如同诗人2008年所写的《仰望一匹腾飞的骏马》，这里，内蒙古的总体形象又有意味地回到“骏马”，而不曾改变的是，不断出发、一往无前、奔驰不息、不达目的绝不罢休。至此，诗人在自己的创作中形成了气势恢宏的“内蒙古系列”。

阿古拉泰的“内蒙古系列”诗歌中已然能看出清晰有力的中华民族共同体意识。这种中华民族共同体意识的存在必然也会让直接表现、思考、歌颂祖国的历史和现实，成为诗人整体创作的价值取向。在阿古拉泰贯穿新时期、新世纪、新时代40余年的写作中，这种审美选择十分天然而又执着。从《青春畅想曲》开始到《世纪湘江》《百年寻梦》《百年钟声》《团团圆圆的祖国》，都体现着高度的“认同”之志，抒发着共有的“家园”之情。

《青春畅想曲》是诗人大学时代的激情之作。诗人清醒冷静地看到百废待兴之难，难在“再时髦的发型，也苫不住心灵的贫瘠／虽然，裤腿已吹起解放的喇叭／可僵化的大脑，却还缠着禁锢的蒺藜”[2]，以诗的激情与精进反观思想解放运动大潮的潮汐起落；痛定思痛，更有呼唤和奋起，“快，快从臃肿的权力沙发上耸身站起吧／不然，被埋没的青春将无处寻觅”，以诗歌传达了奋斗前行的时代号角！

[1]　阿古拉泰．阿古拉泰朗诵诗文选［M］．呼和浩特：内蒙古人民出版社，2021：208.

[2]　阿古拉泰．阿古拉泰朗诵诗文选［M］．呼和浩特：内蒙古人民出版社，2021：140.

毫无疑问，命运与共的价值验证，仰赖于共通的价值取向和信仰基础。《温暖的诺言》以炭火一样的温情表达，回望张思德平凡朴素而又重于泰山的一生。张思德“短暂而永恒的生命／注释了一句温暖的话”，坚实地实践了“为人民服务”这一句“滚烫滚烫的诺言”[1]。无论是诗歌当中出现的因感动而泪下的抒情主人公形象“我”，还是诗歌以张思德的哪里需要就到哪里的生命历程精准阐释共产党人为人民服务这“大山一样不可动摇的信仰”，诗人对为人民服务信仰的认同，对张思德牺牲真正意义的崇尚，都在这首诗中表达得非常明朗明了，并成为诗歌的深层语义。

而在《为劳动者的汗水歌唱》中，诗人“为一滴滴晶莹的露珠歌唱／为一颗颗闪亮的星辰歌唱／为所有劳动者辛勤的汗水歌唱／这是人类永不熄灭永远闪烁的光芒”[2]。这些构成诗歌内在魂魄和筋骨的价值理念，几乎是阿古拉泰所有诗歌的“真”与“善”的基础，也是他的诗歌体现中华民族共同体意识的真正缘由，亦为他的诗歌创作带来深长的历史回响。

《世纪湘江》《百年寻梦》《百年钟声》与《团团圆圆的祖国》等作品，构成了阿古拉泰诗歌写作中的“祖国系列”。它们以历史回望的深情、从未改变的爱恋，诉说祖国如何站起来、富起来和强起来的历程，构成了“祖国系列”诗篇的内在脉络。诗

[1] 阿古拉泰．阿古拉泰朗诵诗文选［M］．呼和浩特：内蒙古人民出版社，2021：11.

[2] 阿古拉泰．阿古拉泰的诗［M］．海口：南方出版社，2016：169.

人在《世纪湘江》中这样抒怀："世纪的钟声在雪中敲响／我的心中涌动着波浪／我要把颂歌献给一条河流／那是东方一个世纪的绝响／……你到安源煤矿去寻找民族站立起来的灵感／划一根'洋火'把中国的油灯点亮。"[1] 何其传神！极为形象生动地写出了以毛泽东为主要代表的共产党人，经过艰苦探索付出了巨大牺牲，创造性地将马克思主义与中国革命具体实践相结合的光辉历史。

《百年寻梦》为中国共产党成立百年而作，写出了中国共产党根基在人民、血脉在人民，以最广大人民的根本利益为党的一切工作的出发点和落脚点的要义，诗人将这要义诗意地转化为"旗帜"："满目疮痍的大地，饿殍遍野／饥寒交迫的呻吟，补丁摞着补丁／就用这补丁缝连起一面旗帜吧／用铁锤砸碎镣铐，用镰刀收获憧憬／……这一面旗帜如火，燃烧着钢铁的诺言／人民至上，一百年，五百年也不改初衷！"[2] 百年大党的无数次出发与从未息止的劈波斩浪，在这样的诗行里得到了充沛的表达。

《团团圆圆的祖国》将"我思念的祖国"比喻成"一座热气腾腾的火锅"。因为在祖国的怀抱中，"远方的思念回家的欢乐／柴米油盐江山社稷／未了的心愿意外的收获／相互取暖相互依偎着／

[1]　阿古拉泰．阿古拉泰的诗［M］．海口：南方出版社，2016：157．

[2]　阿古拉泰．阿古拉泰朗诵诗文选［M］．呼和浩特：内蒙古人民出版社，2021：4．

都烩进这热气腾腾的祖国”[1]。这里至远至近，至微至大，梦想与现实，意料与意外，都在祖国这里有了温暖的安顿，而祖国的有容乃大、热烈蓬勃也由此形象彰显，或许正是这样一个永远都“团团圆圆的祖国”才塑造了中华民族开阔包容、自强不息、奋斗不止的中华民族性格。

正如《团团圆圆的祖国》所写，我们的祖国用它的奔腾与柔情，哺育了多民族的北疆儿女，赤子也以爱恋和忠诚报答着祖国母亲，“这一颗颗跳动的心／就是你热气腾腾火锅下／烧不熄旺旺的炭火”。70多年来，多民族的北疆儿女“这一颗颗跳动的心”所生长出的奋斗之志、团结之心、守望之情、相助之义，创造了日新月异、精彩纷呈、感人至深的内蒙古故事，也是中国故事。这命运与共的长歌，以祖国、时代和人民为词根，必将生生不息、浩浩荡荡向前。

[1] 阿古拉泰．阿古拉泰朗诵诗文选［M］．呼和浩特：内蒙古人民出版社，2021：39.

第二章

时代英雄不老

天地英雄气，千秋尚凛然。当代北疆英雄辈出，他们是中华民族的脊梁，是时代的灯塔。文学是国民精神的灯火，那些在历史长河中永远闪耀的英雄，在当代中国作家，尤其是内蒙古作家笔下获得了永恒般的存在。玛拉沁夫笔下，由于党的光辉引领，草原英雄在复杂的形势中坚定地找到了方向，沧海横流中方显英雄本色；敖德斯尔为骑兵唱响史诗般的赞歌，他歌颂骑兵战士驰骋在战场上，铁骑如风迎来草原的春天；在超克图纳仁心中，因为有方向正确的革命者，如金鹰振翅高飞、傲视苍穹，草原才有了明朗的天空。英雄不是只在战争年代才有，贺政民塑造的黄河儿女也是英雄，他们面对困难从未屈服，而是承续黄河奔腾不息、永远向前的精神迎来事业的丰收；张长弓笔下的英雄，如同沙漠中傲然挺立的绿洲，以漠南魂的形态激励后来者奋发向前；冯苓植笔下的科考队员也是英雄，他们在坚实无声的行动中让探索的精神熠熠发光，也让他们的故事充满神秘与魅力。时代英雄气象万千，他们或许以生命赴使命，却换来所有人的新生；或许生而平凡，却拥有非凡的勇气和毅力；或许默默无闻，却用行动诠释着生命的价值和意义。时代英雄不老，七十多年来，他们的精神照亮了内蒙古前进的道路，直到今天，还在引领两千四百万草原儿女建设家乡的铿锵步履。

第一节　沧海横流，方显英雄本色：玛拉沁夫与《茫茫的草原》

1945—1948年内蒙古地区的形势极为复杂，由于所处的特殊战略地位，内蒙古地区成为在政治和军事上展开激烈交锋的重要战场。1945年日本法西斯投降后，内蒙古草原喧闹异常。三条道路摆在了草原人民面前：是跟着共产党走，还是跟着国民党，抑或脱离祖国建立独立的国家？草原上的人们怀揣着满腔“民族热”，分别选择了不同的道路，于是在茫茫的草原上上演了一幕幕悲喜剧。

《茫茫的草原》是第一部反映蒙古族人民斗争生活的长篇小说。作者玛拉沁夫被誉为“中国草原文学的开拓者”。玛拉沁夫在60多年的文学生涯中，共创作发表长篇小说《茫茫的草原》（上下部）、中篇小说集《第一道曙光》、短篇小说集《科尔沁草原的人们》《春的喜歌》《花的草原》以及散文集《远方集》、电影文学剧本《草原上的人们》《钢城曙光》等一系列作品。

1930年8月8日，玛拉沁夫出生于内蒙古卓索图盟土默特旗黑城子村[1]的一个蒙古族牧民家庭。1945年，年仅15岁的玛拉沁夫参加了八路军，跟随部队战斗在草原上。由于他爱好文学和写作，后来到文工团从事宣传和创作。玛拉沁夫亲历了内蒙古自治区成立前后激烈的阶级斗争，这段火热的生活，为他后来创作《茫茫的草原》积累了不少素材。

1954年，玛拉沁夫到察哈尔草原的一个旗里担任旗党委领导。在此期间他完成了《茫茫的草原》的上部，并于1957年出版。这部小说是玛拉沁夫最负盛名的代表作，同时也是蒙古族当代文学史上第一部长篇小说。该小说一出版就荣获内蒙古自治区成立10周年文艺评奖文学一等奖。玛拉沁夫大受鼓励，一鼓作气于1959年完成了《茫茫的草原》下部。1979年，随着文艺界的全面解冻，玛拉沁夫提笔开始重写《茫茫的草原》下部。经过反复修改与调整，该书终于在1987年的秋天定稿。小说全本于1991年由人民文学出版社出版发行。至此，《茫茫的草原》历经30余年，终于以完整的形式呈现在读者面前。

《茫茫的草原》描写的故事发生在察哈尔草原上的明安旗[2]特古日克村。1946年的春天，在一个浓雾淹没山野、河流和道路的清晨，小说的主人公铁木尔骑着马，回到了他盼望已久的家乡。铁木尔是牧民的儿子，父母去世以后被大牧主瓦其尔巴彦[3]收养。瓦其

[1]　今辽宁省阜新蒙古族自治县太平镇。

[2]　察哈尔明安旗为现在的内蒙古锡林郭勒盟。

[3]　蒙古语，富人的意思。

尔表面上感恩铁木尔父亲的救命之恩，收养了铁木尔，背地里却打起了算盘。瓦其尔视金钱为命，虽然已经有了成千上万的牛羊、数不尽的金银财宝，但是他贪婪、自私，他收养铁木尔的真实目的是让铁木尔这个大小伙子给他当免费的劳动力。铁木尔看穿了瓦其尔的算计，便搬到老猎人道尔吉家中。道尔吉老人是一个善良淳朴、有着丰富狩猎经验的猎人。他待铁木尔如自己的亲生儿子，倾其所有教授铁木尔狩猎的本领，把铁木尔培养成为一个勇猛、机警、枪法好的猎人。道尔吉老人有一个女儿，名叫斯琴，是草原上数一数二的美人。铁木尔和斯琴一同长大，两小无猜、青梅竹马，特古日克湖和岸边的柳林留下了他俩的柔情蜜意和欢声笑语。

然而好景不长，明安旗的扎冷[1]贡郭尔便把铁木尔抓去当劳工。他先是在呼和浩特给人盖兵营，后来到四子王旗给一家牧主放牧，八路军到了四子王旗，他又给八路军喂了一个多月的马。八路军对他很好，但铁木尔还是想回到家乡，于是骑着八路军送给他的马、背着八路军送给他的枪，回到了自己的家乡。

回到家乡后，铁木尔第一个见到的就是他昔日的恋人斯琴。但此时的斯琴却被贡郭尔扎冷霸占并有了身孕。当铁木尔活生生地站在斯琴面前时，巨大的痛苦淹没了她。因为斯琴心里依然炽热地爱恋着铁木尔，但现实却不允许他们再继续相爱。深感愧疚的斯琴像疯了一样地逃离了。

[1] 察哈尔盟的行政官衔，仅次于旗长。

铁木尔回来给另一个人也带来了巨大的震颤，那就是贡郭尔扎冷。明安旗虽然有旗长达木汀安奔[1]，但实权却全部掌握在扎冷贡郭尔手里。

日本投降后，一部分蒙奸恶霸和反动地主预感到他们的末日来临。为了维持其封建剥削制度，维护上层统治阶级的利益，他们与伪满军警残余势力和国民党相勾结，组织起地主武装，杀害土改工作干部和积极分子，压榨迫害无辜的贫苦百姓。

贡郭尔扎冷就是这样一位横行霸道、无恶不作的蒙奸恶霸。他趁着铁木尔被抓壮丁期间，霸占了垂涎已久的斯琴。因此铁木尔的突然回来，使得害怕被报复的贡郭尔扎冷恐惧不已。更使他恐惧的是他听说铁木尔见过八路军，还跟他们一起待了一个多月。贡郭尔扎冷敏感地感觉到自己的地位受到了前所未有的威胁。在国民党特务刘峰的指使下，贡郭尔成立了明安旗保安团，暗中进行破坏民族统一战线的活动。

与此同时，以副政委苏荣为首的八路军工作队进驻特古日克村，成立了察哈尔地区共产党领导的第一支武装——明安旗骑兵中队。铁木尔曾与八路军相处了一个多月，初步受到了革命思想的影响，回到家乡后，他在苏荣、官布等共产党人的引导下，成为革命队伍中的一员。

作为小说主要塑造的人物，铁木尔的形象不是完美无缺、一成

[1] 察哈尔盟的行政官衔，等同于旗长。

不变的。玛拉沁夫没有把他塑造成一个“高、大、全”的形象，而是巧妙地通过铁木尔的成长经历，展现了在察哈尔大地上复杂、严酷的斗争生活以及蒙古民族寻求民族解放的艰难历程。

铁木尔在长期的放牧与狩猎生活中养成了勇猛果敢、吃苦耐劳的美好品德，同时也存在不受纪律约束、好自我表现的缺点。这与其他革命历史叙述中的革命者形象截然不同，但却非常符合蒙古族崇拜英雄的品格。

在工作队驻扎特古日克村不久，眼见工作队在牧民中产生了广泛的影响，贡郭尔扎冷联合国民党情报小组的方达仁上演了一出贼喊抓贼的戏码。方达仁率领二百余骑兵，伪装成共产党的军队在蒙旗进行骚扰，企图激起蒙古族民众对共产党的怨恨。贡郭尔扎冷的保安团再假模假样地“打跑”假的八路军，并借机在民众中宣传共产党的“罪行”，号召民众奋起抵抗。贡郭尔扎冷不辞辛苦地追打着“八路军”，但又永远追不上，每次都是在“八路军”快烧杀抢掠完一个村庄的时候保安团才会出现。到了以后也不是立马消灭敌人，更不会追击敌人，而是慷慨激昂地重复着同一套说辞，到处高喊“八路军是蒙古族的死敌”。这一招“嘴打土匪”果然奏效，不少蒙古族青年被蒙蔽，投入贡郭尔扎冷的保安团中。

看着方达仁的“八路军”和贡郭尔扎冷的保安团到处抹黑共产党，苏荣和官布带领骑兵中队在人手不到五颗子弹的情况下，突袭了方达仁的部队。骑兵中队包围了哈登浩树庙，毫无准备的方达仁与部下仓皇逃跑。在追击敌人的过程中，铁木尔自作主张，擅自离队去追击一队从一座沙丘后面跑出来的敌人。此时的铁木尔手里只有六颗子弹，但敌人却有七个。在百发百中的情况下，子弹也不够消灭全部敌人。但铁木尔是草原上有着丰富狩猎经验的猎人啊！此时眼前的敌人在铁木尔的眼中如同猎物一样。他冷静地思考对策，然后调整角度，精准的枪法如穿糖葫芦一般，只用一颗子弹便解决了两个敌人。以为逃出来的敌人瞬间乱作一团，抱头鼠窜。在他们还不知道枪是从哪里打过来之前铁木尔包抄到敌人后面，又来了个一箭双雕。如此这般，铁木尔最终用六颗子弹杀掉了七个敌人。草原可爱的孩子铁木尔是多么勇敢、智慧而又冷静沉着呀！作为猎人他无疑是出色的，但作为革命者仅仅具备这些显然是不够的。

在缴获了丰厚的战利品之后，铁木尔得意扬扬地回到了中队。本以为会得到队员们的夸赞，但等来的却是严厉的批评。铁木尔气哭了，他认为他自己杀了敌人，缴获了十几支枪，对得起自己的良心。此时的铁木尔刚刚参加革命，对于革命还没有一个正确的认识，满心想的都是蒙古族民众的解放，无论用什么样的方法都可以，哪怕只是打死了七个敌人，在铁木尔的心里也离他的理想又近了一步。铁木尔这种幼稚的想法很快让他吃了一个大亏。

1946年秋，国民党撕毁停战令，在中原、东北、晋察冀等地大举进攻。同年10月，国民党占领察哈尔草原的门户张家口，并勾结各地土匪占领了察北地区的张北、宝源、尚义等城镇。我军战斗总部下达部署，锡、察地区的武装部队从察哈尔南部的草原转移到北部的沙漠地带，积极防御、诱敌深入，然后再各个击破歼灭强大的敌人。

转进为退、转攻为防对革命教育还不太充分的中队队员来讲就是逃跑，就是置牧民于水深火热而不顾。他们单纯地认为，离敌人越来越远还怎么打敌人，还怎么革命？于是队伍里有人开始动摇。不仅动摇还采取行动的正是铁木尔。铁木尔心中始终涌动着一股民族解放的激情，他怀着扛大枪、干革命为的就是保护家乡和乡亲们的狭隘民族思想，带领自己的好朋友瓦其尔的二儿子沙克蒂尔，再一次擅自离开了队伍。而这一次的违反纪律让铁木尔付出了沉重的代价。沙克蒂尔在一次战斗中负伤，集结的另外几个年轻人也不听他的指挥而各自行动，铁木尔自己也被国民党特务刘峰设陷阱抓获，被关到了宝源镇的监狱之中。

铁木尔是中队的成员，并且知道潜伏在草原上的张木匠其实是国民党大特务刘峰，所以入狱后饱受酷刑折磨。敌人往铁木尔的指甲肉里刺针，这让他的五根手指头肿得溜圆，稍微动一下钻心的疼痛就会让他顷刻间流下豆大的汗珠。但铁木尔是草原上的汉子，他就像一块钢铁，宁折不弯。敌人让他承认自己是共产党。虽然此时的铁木尔还不是党员，甚至什么是共产党他也说不清楚，但他看见敌人一说到共产党就咬牙切齿、全身发抖，猜想共产党和八路军应该是一回事，一定都是好人。于是他用最坚定、最洪亮的声音告诉敌人他就是共产党。有所收获的敌人马上追问他党组织的情况。可不论怎么问，铁木尔都只回答“不知道”。这样的态度彻底激怒了敌人，他们开始用酷刑代替语言，将铁木尔折磨得遍体鳞伤、神志不清。

铁木尔钢铁般的意志和坚定的信念引起了同牢房另一个犯人的注意。他是中共派给十二师的政委，是副政委苏荣的丈夫周同志。本来夫妻两个人同时被派往明安旗开展工作，但周同志在路上负伤被俘，关在宝源镇的监狱里。

事实上，在此之前的几个月里，铁木尔在监狱里回想了很多事情。他开始怀疑自己的选择、后悔自己的鲁莽，无限思念自己的革命家庭。奈何这里没有一个可靠的人，这一切都无人可诉说。正在铁木尔迷茫的时候，周同志出现了。周同志的出现为铁木尔的革命道路指明了清晰的方向。周同志为铁木尔朗诵叶挺的《囚歌》。铁木尔虽然不是很懂诗歌的内容，但是他能感受到这位写诗的将军一定是个好人。因此，铁木尔坚定地认为共产党员就是好人。从此，铁木尔悄然发生了变化。

在越狱回归队伍后，铁木尔成了大英雄。文工团在大庙前面的广场上搭起戏台，演出铁木尔的英雄事迹。然而此时的铁木尔却没有当大明星的喜悦，因为他刚刚得知师里召开党员大会，但他没有收到参会的通知。而真实的情况是，与铁木尔一同越狱的周同志到达队里以后，队里异常忙碌。在这一特殊的情况下，铁木尔入党的事情就被暂时搁置了，党员大会铁木尔自然也是不能参加的。而不知道实情的铁木尔此时心中充满困惑和愤懑，他想到自己在敌人的监狱中九死一生，始终像一名共产党员那样坚贞不渝，但回到部队反而不被当作党员了，他觉得这是不能忍受的屈辱。一个强烈的念头在铁木尔的心中闪现，紧接着他便骑着他的黄骠马向特古日克村奔去。他要把残害百姓、破坏革命活动的贡郭尔扎冷的头砍下来，扔到周政委的脚下，以此来证明自己可以成为一名合格的共产党员。就这样，铁木尔又一次擅自离开了队伍。

正当众人急得如同热锅上的蚂蚁的时候，铁木尔回来了。是的，铁木尔走到半路回来了。在奔向特古日克村的路上他回想起去年的自己无视纪律、独自返乡，使得同伴遭受不幸，自己也被捕入狱，让革命受到了损害。一个洪钟一样的声音在他的耳畔响起，让他不要让悲剧重演。铁木尔回来了，离开的是草原上桀骜不驯的烈马，回来的是成熟的革命者铁木尔。革命工作如同一个大熔炉，监狱生活如同熊熊的烈火，重新锻造了这块“铁木尔”[1]。

成熟的革命者铁木尔能够独立完成任务了。他将国民党蒙古骑兵团团长哈吐的家属转移到安全的地方，使其无后顾之忧地配合我军一起打赢了最后的战役。铁木尔最终成长为一名优秀的革命战士、一名合格的共产党员。铁木尔这一人物形象的成长经历和过程，是逐步觉醒的蒙古族人民在中国共产党领导下不断挣脱自己身上的民族重负，实现民族真正解放的缩影。他是蒙古族的典型和代表，是生在内蒙古这片热土上，在蒙古族文化环境和氛围中，在为了蒙古族民族解放而进行的艰苦斗争中成长起来的体现了新的民族

[1] 铁木尔，蒙古语“钢铁”的音译。

精神的典型形象[1]。

铁木尔的成长离不开党的领导。小说中的重要人物苏荣副政委就是党的领导的具体实施者。副政委苏荣是蒙古族当代文学中第一个女革命者的形象。她既有草原妇女勤劳、朴素、吃苦耐劳的美好品格，同时会骑马、打枪准、政治素养过硬，具有坚定的革命信念，是一个优秀的革命领导者。事实上，蒙古族儿女从很早就与汉族同胞一起加入了党组织当中。在内蒙古的革命运动中，各民族并肩作战，尤其在内蒙古自治运动刚刚开始的时候，党组织派来很多的汉族党员干部，帮助蒙古族同胞开展工作，肩负培养党的干部的重任，有的甚至为了内蒙古人民的解放事业献出了自己宝贵的生命。

《茫茫的草原》用史诗般的笔触真实地再现了20世纪40年代察哈尔草原人民在共产党和毛主席的正确领导下，同国民党反动派和蒙古族反动上层分子进行不屈不挠斗争，最终获得民族解放的生动而真实的历史画卷。

作为蒙古族作家，玛拉沁夫对蒙古族的文化与历史具有强烈的归属感和认同感。阅读《茫茫的草原》，总觉得一股清新的清草香扑面而来。这股草香来自静如镜面的特古日克湖与妙如少女腰肢的柳林，来自牧人悠扬的歌声与华丽的祝词，来自草原儿女轰轰烈

[1]　李晓峰．玛拉沁夫的小说艺术论［M］．北京：中国文联出版社，2001：232.

烈的爱情与肝胆相照的友情……也正因如此，《茫茫的草原》区别于同时代、同题材的作品而成为中国当代革命历史叙述中的一朵奇葩。

第二节　赞歌献给骑兵：敖德斯尔、斯琴高娃与《骑兵之歌》

中国当代文学中有许多军旅出身的作家，如曲波、吴强、杜鹏程等等。他们以亲身经历为素材，书写了曾经充满激情的戎马岁月。蒙古族作家敖德斯尔也是这样一位军旅出身的作家。他身着戎装，踏着战火走上了文坛。几十年来，他用曾经持握马缰、挥舞战刀的双手创作出小说、剧本、散文等多种形式的作品，不仅对推动蒙古族文学的发展和繁荣作出了重要贡献，也为世界文学宝库增添了丰富的色彩。[1]

1924年，敖德斯尔出生于内蒙古昭乌达盟巴林左旗乌森头灵村。1945年，意气风发的敖德斯尔参加了革命，先后担任过内蒙古骑兵第四师第三十二团政治处主任、内蒙古骑兵第三师政治宣传科

[1]　托娅，彩娜．内蒙古当代文学概观［M］．呼和浩特：内蒙古大学出版社，1997：164．

科长、内蒙古军区文工团团长等职。敖德斯尔在解放战争中参加过多次战斗，还荣获了三级解放勋章。这一段戎马岁月为他全面了解和描写部队生活打下了坚实的基础。1948年，敖德斯尔在鲁迅文学艺术学院学习，有了接触文艺的机会，正式走上了文学创作之路。他的作品内容广泛，早期的作品多取材于他熟悉的骑兵部队的斗争生活，后期的作品着力于内蒙古社会现实生活的描绘。敖德斯尔在几十年的创作生涯中，先后发表了《欢乐的除夕》《金色的波浪》《撒满珍珠的草原》《阿力玛斯之歌》等中、短篇小说，广受好评，影响力深广。

《骑兵之歌》是敖德斯尔的第一部长篇小说，由敖德斯尔和他的夫人斯琴高娃共同创作。该小说动笔于20世纪60年代，经过文艺界漫长的寒冬，于1979年由人民文学出版社出版，并荣获首届全国少数民族文学优秀长篇小说奖。小说根据敖德斯尔的亲身经历创作而成，是作者对英雄的骑兵部队的一首赞歌。正如他在《骑兵之歌》后记中写道的："在解放战争的光荣岁月里，我们祖国北疆的广阔土地上……到处都有我们战马的足迹。当时我在昭乌达盟蒙汉联军骑兵部队里做政治工作。我认为，哺育我长大的草原人民和她的优秀儿女——内蒙古骑兵部队，在解放全中国的伟大斗争中树立了不可磨灭的丰功伟绩，涌现了无数可歌可泣的英雄人物，这是我必须高声歌唱的《骑兵之歌》。"[1]

[1] 敖德斯尔，斯琴高娃. 骑兵之歌［M］. 北京：人民文学出版社，1979.

《骑兵之歌》的故事发生在1946—1947年间的内蒙古巴尔嘎苏台草原上。日本投降后，投靠国民党的伪满警察署长何富贵时常带领他的部队出没草原，烧杀抢掠、贻害百姓。吃尽苦头的牧民们自发组织起一支武装骑兵队，来保卫大家的生命财产安全。小说一开篇，双方便展开了激烈的交锋。

何富贵的匪帮又一次抢夺了牧民的牲畜。骑兵队队长义德尔得知消息后怒火中烧，紧急集合了一支有七八十个人的队伍追赶上去。骑兵队走了一百八十里路，终于在太阳西斜时分赶到了土匪窝。而此时的敌人早已设下埋伏，就等着羊入虎口。由于力量悬殊，加上缺乏战术，义德尔的队伍很快便中计被俘。何富贵是一个信仰武士道精神的典型的法西斯分子，对老百姓特别残忍凶恶，人称“活剥皮”。何富贵将义德尔和队员们像牛马似的捆在一起，鞭打他们，斥骂他们。鞭子落在义德尔的头上，鲜血顺着鬓角流了下来。义德尔瞪大眼睛，狠狠地盯着何富贵，眼神里迸发出仇恨的火焰。

在20世纪前半叶的内蒙古草原上，这样的流血暴力事件每天都在上演。数不胜数的奴隶和穷人遭受着来自统治者的剥削和残害。几百年来，封建统治和宗教迷信如同大山一样压在了草原人民的身上。

从清朝开始，蒙古封建贵族奴役、剥削广大牧民，对他们实行惨无人道的统治。草原上流传着这样的民歌：

黑色的王府像魔鬼的宫殿，
奴隶的白骨堆成了金山，
美酒是穷人的眼泪，
佳馔是牧工的血汗。
灰色的王府是妖怪的宫苑，
奴隶的劳役堆成了银山，
蟒鞭吞噬青年的生命，
监牢夺走姑娘的容颜。[1]

百姓用歌声记录了王公贵族的暴行，控诉着他们的罪恶，多少血汗、多少眼泪、多少白骨才能编织成这样一首凄苦的歌啊！

贫牧会主任巴特尔老人，在年轻的时候因为骑了王爷的神马，遭到毒打时又当众臭骂了王爷，就被锁住手脚装进了囚车，任其挨饿受冻，游遍全旗来树立上层统治阶级的权威。

骑兵队的包山虎一家多年前逃荒逃到了巴尔嘎苏台草原。离乡背井的一家人走投无路，不得不做了王爷府的奴隶。包山虎的妹妹在王爷的女儿出嫁时被指定为陪嫁奴。陪嫁奴身份低微，子孙后代世世代代都是奴隶身份。加上陪嫁身份，被认为不祥，所以王爷的女儿可以回来，但是陪嫁奴和陪嫁畜不能回来。包山虎十二岁的妹

[1] 敖德斯尔，斯琴高娃．骑兵之歌［M］．北京：人民文学出版社，1979：340.

妹，就这样被绑在送亲的车子里，永远地离开了自己的家人，生死未卜、祸福不明。

现任旗长、大牧主扎拉森是清朝达尔罕贝子的后代。达尔罕贝子曾协助清朝统治者镇压人民的反抗，为清朝统治天下立下了汗马功劳。后来扎拉森的祖先用无数蒙古族奴隶的鲜血和尸骨换来了世袭的爵位和数不尽的荣华富贵。日本投降后，扎拉森住进王府大院，成为东部联合旗的旗长。他暗中勾结国民党反动派，坏事做尽，给草原上的人民带来了更大的灾难。

草原上的青年只有两条路可走：要么做国民党的“国兵”，要么做王府的奴隶。包山虎的哥哥为了不被国民党抓去做“国兵”，砍掉了自己右手的食指。但万万没想到，剁掉手指非但没能逃脱当“国兵”的命运，反倒成了反抗“国兵法”的罪犯。包山虎的哥哥被毒打一顿后，又被押送到大兴安岭劳工队去了。

哈达巴图也是被抓劳工中的一个。被抓以后，年轻气盛的哈达巴图奋起反抗，却遭到一顿毒打，被捆住扔上了汽车。哈达巴图在大兴安岭修过公路和山洞，后来在阜新煤矿当苦力。他在地下党的领导下，带领矿工们罢工，被关进了监狱，在监狱中得了鼠疫，被当成死尸扔到了万人坑里。

与哈达巴图、包山虎一家有类似经历的贫苦百姓在草原上多如牛毛。他们做着各种各样的重活，负担着各种各样的苛捐杂税，却过着食不果腹、猪狗不如的生活。那些王公贵族、牧主巴彦[1] 视奴隶和穷人为草芥，残害、压迫、剥削着他们。

蒙古族百姓身上还压着另一座沉重的大山，那就是麻痹人精神的封建迷信。藏传佛教传入以后，清朝统治者利用蒙古族笃信藏传佛教推行愚民政策，靠藏传佛教对广大牧民进行思想禁锢，进行精神上的奴役和统治。

包山虎的阿爸患有严重的肺病，眼看着快不行了，包山虎的额吉跑去求喇嘛。喇嘛告诉她要想保住人命，得把最珍贵的东西献给佛爷，额吉流着泪把用女儿换来的乳牛拉到庙里贡献给了佛爷。但包山虎阿爸的病还不见好。喇嘛又说让病人走遍全旗各庙，用自己的身子当庙堂的门槛，让全旗的喇嘛从他身上踏过，从而洗清他的罪过。可怜的包山虎扶着阿爸来到大庙。包山虎的阿爸虔诚地磕完头，躺在了大庙堂门口，用自己的身体当了庙堂的门槛。此时的大庙里有上千名喇嘛在念经，他们念完经，犹如野象一样从庙堂里冲了出来，一脚又一脚踏在包山虎阿爸的身上。等包山虎去扶阿爸的时候，可怜的老人早已咽了气。鲁迅的《祝福》中，祥林嫂为了洗刷身上的“罪过”，倾其所有为庙捐了门槛。在半个世纪后的北方草原，包山虎的父亲用自己的身体做了门槛，却被喇嘛们活活踩死。祥林嫂死于封建礼教，包山虎的阿爸死于封建迷信。在这样一个“吃人”的社会里，无论是汉族还是蒙古族，无论在南方还是北

[1] 巴彦：蒙古语“富人”的音译。

方，贫苦百姓一样无法逃脱“被吃”的命运。

扎拉森发觉八路军对全旗牧民和骑兵部队的影响越来越大，心中不禁升腾起一阵不安。他请来大庙的活佛，怂恿他散发“圣书”，以期破坏革命活动。不久后这封“圣书”便在草原上流传开来。“圣书”说这一年草原上要降临空前大的灾难，战火四起，瘟疫蔓延，人血流成河，白骨堆成山。只有人人安分守己，不出家门，天天点佛灯，每夜向佛像磕一百个头，才能摆脱死亡。[1]“圣书”传开以后，牧民战士的思想全乱了，谁也不想再出来当兵，骑兵队几近解散。一封小小的“圣书”就能蛊惑、控制草原上成千上万的百姓，几百年来封建宗法制度利用宗教迷信骗取百姓的财产、残害百姓的生命、奴役百姓的精神，可见一斑。

封建统治和宗教迷信如同枷锁一样套在了草原人民的头上，如果不打碎整个剥削阶级和反动势力，劳动人民是不可能得到真正的解放的。那么压在牧民身上的大山要靠谁推翻，草原人民要靠谁得解放呢？要靠牧民心中的佛爷——毛主席，靠牧人口中的佛爷军队——共产党领导的军队。

1946年，内蒙古地区在中国共产党领导下成立了内蒙古自治运动联合会，形势越来越好。但很快国民党反动派在美帝国主义支持下撕毁停战协议，发动全面内战，内蒙古草原再次陷入动荡之中。

[1]　敖德斯尔，斯琴高娃．骑兵之歌［M］．北京：人民文学出版社，1979：148．

扎拉森勾结何富贵，拉拢、腐蚀义德尔，企图收编他的骑兵队来壮大自己的力量，准备配合国民党军的进攻，卷土重来。

在这个关键时刻，蒙汉联军司令部决定，派哈达巴图去东部联合旗任中共旗工委书记兼义德尔骑兵支队的政治委员。哈达巴图临危受命，决心依靠那里广大的奴隶和贫苦牧民，在东部联合旗建立一支真正的党领导的人民武装。

哈达巴图到来之前，义德尔的骑兵队是这样的：他们骑的马大部分是自己的，其余的都是从大牧主和大喇嘛那里借来的；他们没有精良的武器，所谓的武器都是坏了的破铜烂铁；作为一支军队，他们也没有统一的制服，每次出战队员们穿着五颜六色的、破烂不堪的蒙古袍，头戴各式各样的帽子——有礼帽、羊皮帽、毡帽，远远看去不像是军队，更像是参加婚礼的队伍；最要命的是，这支队伍无组织、无纪律，有土匪时打土匪，没土匪就打猎，串门子、找女人，想干啥就干啥。

哈达巴图来到骑兵队后便马上开展工作。他与队员们同吃同住、同甘共苦，并针对骑兵队混乱的现状展开了政治整训和军事训练。他帮助队员们明确正确的政治方向，训练他们的作战能力，同时开展忆苦活动，提高了他们的阶级觉悟。

在哈达巴图的努力下，骑兵队越来越正规，不久便打了一个漂亮的胜仗。扎拉森让何富贵抢走旗里大批马匹，以建立反动武装。哈达巴图领兵追击，联合受苦受难的百姓，一举捣毁何富贵的老窝——何家围子，抢回了被偷走的马匹，解救了被困在土匪窝里的百姓。

大获全胜的义德尔士气大增，但长久以来困扰他的问题——革命是为了“阶级”还是“民族”却仍未解开。因为错误地认为革命是为了“民族”，义德尔曾受到扎拉森所谓“民族中立”“民族复兴”的诱惑，差点儿破坏了党组织的转移战略，还将自己的弟弟宝力高送入了扎拉森的虎口。

在哈达巴图推心置腹的教育下，加上后来扎拉森狗急跳墙用马活生生地拖死了宝力高，义德尔终于在血的教训中清醒过来。义德尔终于意识到革命是为了“阶级”而不是为了“民族”。他意识到他心中的“民族领袖”扎拉森口口声声说的“为蒙古族”，其实质是为了自己封建统治阶级的利益，他不能代表蒙古族，而真正能代表蒙古族的是创造一切物质财富，受苦受难的底层百姓。于是，义德尔在入党申请书上坚定地写下了“奴隶的儿子义德尔坚定跟党走”的誓言。义德尔选择共产党不仅代表了蒙古族民众的选择，更说明了只有共产党这一人民利益之忠实代表才能获得草原人民的信任和拥护，才能带领他们走向真正的解放和幸福。

在收复东部联合旗旗政府所在地哈尔浩特的战役中，义德尔一马当先、勇猛杀敌。他亲自砍掉了杀弟仇人，也是全草原人民的仇人扎拉森的头颅，推翻了压在草原人民头上的一座大山。当初义德尔混乱的自发骑兵队，在党的领导下变成了百姓口中的“佛爷军队”，他们与兄弟部队并肩作战，为全国的解放继续浴血奋战。小说最后，人民骑兵犹如一支拖不垮、打不烂的钢铁之师，在解放了的草原上向前、向前……

《骑兵之歌》通过鲜明的人物形象、曲折的故事情节、幽默的语言风格，真实地再现了在封建统治、宗教迷信和国民党反动势力重压下草原人民苦难的生活，描绘了内蒙古各族人民在中国共产党和毛主席的英明领导下，武装起义、奋起抵抗剥削压迫，为争取祖国和民族的解放、革命事业的最后胜利而英勇奋斗的波澜壮阔的画卷，歌颂了党的民族政策。

作为献给蒙古族骑兵的赞歌，《骑兵之歌》中有非常多关于草原骑兵的战斗场面的描写，如追击土匪、攻打何家围子、贡大坝的伏击战、攻打哈尔浩特的战斗、乌呢更山口的歼灭战等，展现了蒙古族骑兵骁勇、灵活、迅疾、出奇制胜的特点。战士们手挥钢刀、纵马扬鞭、奋勇杀敌的形象更是深入人心。祖国北疆草原上铮铮作响的铁蹄声，汇入全国解放战争隆隆的炮声中，为中国当代革命历史叙述加入了浓墨重彩的一笔。

第三节　草原的天空永远明朗：超克图纳仁与《金鹰》

超克图纳仁的《金鹰》，是内蒙古20世纪五六十年代戏剧创作的巅峰。《金鹰》讲述了蒙古族青年布尔固德勇敢反抗巴音王爷的故事。布尔固德勇敢坚强，富有正义感，因勇敢反抗王公统治，被蒙古族人民赞誉为金鹰。在被迫离开家乡逃亡的过程中，他与蒙古族姑娘珊丹相遇并相爱，但不幸的是，被巴音王爷的手下发现，并被送回巴音王爷那里。巴音王爷试图用恐吓和诱惑来改变布尔固德，但布尔固德宁愿死也不屈服。在父亲希日和乡亲们的帮助下，布尔固德和珊丹最终冲出牢笼，像雄鹰一样翱翔在草原上。

作为草原话剧的奠基人，超克图纳仁的创作实践离不开他的成长经历。他1946年参加革命工作，是内蒙古文联专业作家，擅长写剧本，以描绘草原牧民在社会主义建设时期的生活为核心，超克图纳仁的剧作以内蒙古草原和蒙古族的历史为题材，反映了丰富多彩的社会生活。他善于在有限的时间和空间内，集中表现一定历史阶段深厚而广阔的社会内容。他的作品内容涵盖广泛，生动地反映了草原各个时期的历史。有评论文章甚至称赞超克图纳仁的剧作“带有内蒙古草原史诗的性质”。其中话剧剧本《我们都是哨兵》获得1956年全国话剧会演三等奖；电影文学剧本《金鹰》获得内蒙古自治区成立10周年文艺创作二等奖；《成吉思汗》获得内蒙古自治区“索龙嘎”文学奖一等奖。

《金鹰》的创作灵感来自超克图纳仁在锡林郭勒的体验生活。他听了很多老年人讲述王公统治时代的悲惨故事，也听了他们年轻时怎样风起云涌地反抗暴君，反抗憎恨人民自由的王公贵族。这些可歌可泣的斗争事迹激发了超克图纳仁的创作欲望，于是《金鹰》诞生了。剧中反复出现的《金鹰之歌》歌声嘹亮，飘向远方，震撼了静夜的苍穹，如同《金鹰》的注脚一般，诠释着代代不屈的英魂。

乌云在集拢，
草原黑茫茫，
天空沉下来了，
压在我们的帐篷上。
呵，我们的亲人哪里去啦？
在什么地方？
在什么地方？
愿那悲惨的命运啊，

不要降临在他身上。

大风在呼啸，
雷电在鸣响，
看我们金鹰飞起啦，
在高高的天上；
看它猛揭两鬓，
勇敢飞翔。
带领着风暴前进，

像金色的闪电一样。
它呼唤着神圣的自由，
忠贞的爱情在它心里，
闪着火把的光芒。
雨雾挡不住它，
它有暴风雨的翅膀。

乌云闪开啦！
乌云闪开啦！
我们的自由，
我们的希望，
我们的骄傲，

我们的太阳，
亲爱的鹰啊，
我们心里的彩虹，
勇敢的鹰啊，
我们草原的荣光，
飞啊，亲爱的鹰，
天空是我们心中的原野，
飞啊，勇敢的鹰，
草原的天空永远明朗。[1]

《金鹰》犹如小说的名字一般闪烁着别样的光辉，展现的是光明、明朗的内蒙古，尤其是描写了内蒙古草原的美丽风光和游牧文化，描摹了当地人民的生活方式和习俗。这种地区特色不仅为作品增色添彩，也让读者更深入地了解了内蒙古的风土人情和文化底蕴。当然这熔铸着超克图纳仁对内蒙古这块土地以及土地上生活的人民的炽热感情，在《金鹰》中，作者不仅设计了摔跤、套马、囚车、笛袋以及银碗斟酒等富有“马背上的民族”文化氛围的场景和用具，还穿插了动人的民歌。如《雁》：“八月的秋风凉啊，幼小的雏儿羽毛还薄。想念南海地方的温暖，噢，雁啊，嬉戏着飞走了……春天到了，春草出来了！想念掠着水面嬉戏的地方，噢，

[1] 超克图纳仁．金鹰［M］．北京：人民文学出版社，1959：45—46.

雁啊，响亮地叫着来啊！”[1] 又如《朱色烈》：“朱色烈山的后边啊，白雾洒漫，梦里成双，醒来却孤单单！……青草芽儿绿了，听到你的消息叫人喜欢！山湾的青草出来了，听到你的信息叫人欣喜！”[2]《江木仁》：“……趁着云青马还肥壮，我们去打鹿吧，因为嫁了窈窕的孩子，大家一同来欢宴吧！趁着斑马还肥壮，我们去打狼吧，因为嫁了亲生的孩子，聚集一堂来欢宴吧！”[3] 这些民歌是流行在内蒙古草原上的蒙古族民歌，不仅是草原文化的表现，更是以激昂的民歌赞颂英雄人物的器宇不凡。超克图纳仁表示：“在主人公身上，寄托了我们草原人民反抗压迫、争取自由的理想。我要用我的心灵为展翅欲飞的雄鹰插上一双金色的翅膀。”

《金鹰》中刻画的内蒙古人民是坚定而明媚的，他们具有强烈的个性和坚定的信仰，经历了许多困难和挫折，但始终坚持自己的信仰和追求。他们不仅具有强烈的时代特征，也让读者更深刻地理解了那个时代的人们和他们的价值观。尤其是布尔固德英雄形象的塑造，主要通过三个层面来呈现：一是在摔跤场上为义弟报仇，打败对手，挫败王爷和管家；二是奔往外旗与人民群众结合并赢得珊丹的爱情；三是面对巴音、阿公两个旗的反动王爷和狗腿子的淫威，不屈不挠、坚决斗争，最终在人民的帮助下冲破黑暗牢笼飞向远方。剧中反复出现《金鹰之歌》：“乌云闪开啦！乌云闪开啦！

[1] 超克图纳仁. 金鹰［M］. 北京：人民文学出版社，1959：21.

[2] 超克图纳仁. 金鹰［M］. 北京：人民文学出版社，1959：63—64.

[3] 超克图纳仁. 金鹰［M］. 北京：人民文学出版社，1959：78.

我们的自由，我们的希望，我们的骄傲，我们的太阳，亲爱的鹰啊，我们心里的彩虹，勇敢的鹰啊，我们草原的荣光，飞啊，亲爱的鹰，天空是我们心的原野，飞啊，勇敢的鹰，草原的天空永远明朗。”[1] 这进一步突出了主人公布尔固德的性格，起到了画龙点睛的作用。英雄人物的出场，还伴有草原人民最热爱、最敬仰的两种具有象征意义的神奇动物——雄鹰、骏马，这样的组合合力体现了“马背上的民族”的一种审美理想、一种文化理念。

在外在形式的建构上，《金鹰》展现了草原式的海纳百川。剧本富有牧歌式的诗情画意，结构精巧、语言优美，具有浓郁的地域特色。他善于将草原生活中的矛盾冲突提炼为戏剧情节的基础，并深刻挖掘每一处细节的社会意义和文化意义。作者通过精心设计的情节和场景，展现了草原民俗的丰富多样，使观众能够感受到这些故事发生在内蒙古牧区的真实性和地域性。要在舞台上展现草原的历史，需要比小说、散文等更具有窥见全貌和传达精神内涵的特质。这就要求剧作家具有丰富的社会历史知识和生活经验，以及较高的思想水平和艺术表现能力。超克图纳仁具有深入草原生活的经历，受到古典文学和民间文学的熏陶，还在北京汇文中学和内蒙古大学文艺研究班学习过。他的作品受到巴金的《家》等文学作品的影响，同时他还从姨祖母和堂祖母那里接触到了汉族和蒙古族的古典名著、民间故事和京剧等。这些经历使他对舞台生活更熟悉，并

[1] 超克图纳仁．金鹰［M］．北京：人民文学出版社，1959：24—25．

且学会了如何从生活中提取和提炼素材，将感人的故事写进剧本。

《金鹰》弥漫着浓烈的抒情气氛，这也是超克图纳仁剧作的个人风格所在。他善于描绘诗情画意之境，如第二幕第一场中的“辽阔的草原；五彩缤纷的花朵，微波荡漾的湖水与六月的阳光相辉映”[1]，在这样温暖和煦之境下，查干呼坐在老榆树下的石头上，不时地从身旁的木桶中盛着马奶，把碗中的马奶一饮而尽，起身取来放在树后的套马杆，哼着抒情歌，情与景、景与情的相融构成了抒情诗。又如第二幕第二场，“草原夏夜。明月当头。芳草接天涯。远处传来悠扬的笛声时隐时现。笛声隐没了。布尔固德手执黄金色的铜笛慢步走上。他若有所思地倾听着从左近蒙古包传来的低微的琴音和哀伤的歌声。歌声和琴声都被布尔固德吹奏的笛音压下去了；笛声是那样婉转悠扬”[2]，夏夜、明月、笛声、琴音，适配后文珊丹和布尔固德由一见钟情到互诉衷曲，再由互诉衷曲到海誓山盟，也抓住了读者的心。最富有抒情诗特色的便是其结尾，布尔固德和珊丹成婚后，为了追求理想和自由，他们双双乘马驰向远方，义父希日祝福道：“啊——雄鹰啊，飞吧，飞吧！展开你的翅膀，冲破那王公为你铸造的牢笼，飞吧，飞吧，勇敢地飞吧！雨雾挡不住你，你就像金色的闪电。暗箭射不中你，你有暴风雨的翅膀。飞吧，飞吧！飞到金碧辉煌的天边。搭起你们新的帐篷，过那

[1]　超克图纳仁．金鹰［M］．北京：人民文学出版社，1959：13.

[2]　超克图纳仁．金鹰［M］．北京：人民文学出版社，1959：23.

自由自在的生活吧！”[1] 超克图纳仁以浪漫主义诗人的气质，为全剧安排了一个激情洋溢、想象丰富、浪漫传奇的结尾。

超克图纳仁以讴歌草原的社会主义新生活为己任，他曾说：“过去有的同志曾经把我的剧本作为探讨民族形式、民族特点的范例。文艺界的前辈们也曾爱护地鼓励我，说我的作品有草原气息、奶子味。如果说我这方面真的有所成就的话，那我的经验是：‘扎扎实实地深入体验，尽善尽美地描绘我们的生活，唱颂我们的英雄！’”[2] 因而，他的创作奏鸣着时代精神雄浑的主旋律，擅长将草原生活赋予典型的意义，挖掘每一个题材、情节及细节的社会和文化意蕴，让人一眼就能感受到这是发生在内蒙古“马背上的民族”的故事。

文学创作几十年来，不仅扎根于内蒙古草原丰饶的生活土壤之中，又散发着浪漫主义的传奇色彩，超克图纳仁宁可将多幕剧的素材浓缩写成独幕剧，决不将独幕剧的素材伸长写成多幕剧，既具有蒙古族文学的特色，又有鲜明的个人风格。

---

[1] 超克图纳仁. 金鹰［M］. 北京：人民文学出版社，1959：95.

[2] 超克图纳仁. 超克图纳仁剧本选［M］. 呼和浩特：内蒙古人民出版社，1986：354.

第四节　洒满阳光的大道：贺政民与《黄河儿女》

贺政民的长篇小说《黄河儿女》以黄河岸边杨柳大队两个阶级、两条道路、两条路线尖锐激烈的斗争为缩影，通过曲折生动的故事情节、栩栩如生的人物形象、幽默风趣的语言描述，深刻地反映了这一时代背景下的矛盾和斗争，展现了英雄的黄河儿女波澜壮阔的战斗生活画卷，热情地歌颂了无产阶级革命路线的伟大胜利。作品对黄河独特风景的描绘以及浓郁的历史气息，读后给人留下深深的印象。

《黄河儿女》的发表体现了贺政民强烈的社会责任感和忠于现实生活的创作态度。贺政民是山西省河曲县人，20世纪40年代初随父母迁徙至内蒙古伊克昭盟（今鄂尔多斯市）准格尔旗暖水镇。从此，鄂尔多斯便成为他的第二故乡。这期间，他从事过各种工作，但他始终立足于鄂尔多斯这块雄浑的大地，始终在这里学习、生活和创作。贺政民于1958年开始文学创作。他在创作发表《石榴刚刚泛红》等短篇小说后，深感短篇这一形式不足以反映深广且丰厚的农村生活，于是依据自己所积累的生活素材，创作出长篇小说《玉泉喷绿》。这部小说分上、下两卷。小说以朴质的语言、浓郁的生活气息，给当时的文坛带来一股“清新的空气”，而且至今仍不失为一部独具特色的作品。新时期以来，贺政民更是笔耕不辍，写出了一系列以农村生活为题材的作品，笔调幽默风趣，语言朴实清新，1978年出版的长篇小说《黄河儿女》，便是他努力的结晶。

贺政民是一位有着丰富的农村生活经验的作家，他从小就生活在农村，后来也很少离开农村，对农村中出现的各种问题，他都有切身的体会。他曾“参加了农业合作化运动”，在群众工作中积累了丰富的创作素材。而且，他还从农村的实际生活出发，认识到这种新的生产方式出现的必要性，同时更着重关注这种新的生产方式的出现给人们的思想意识带来的变化。他的作品就是从看来十分平常的日常生活入手，反映了这场变革在农村所引起的深刻变动，从而展现了一个崭新的生活主题，通过杨柳大队这一切口，真实地再现了实现农村变革的艰巨性、复杂性以及社会主义新事物必然胜利的趋势。

《黄河儿女》以一组主题歌引出黄河儿女之故事，作为生活的脉搏、中华民族的血液的黄河不仅见证了春夏秋冬的历史，更是见证了代代中华儿女的艰苦奋斗史，为我们展现了洒满阳光的内蒙古，在这片厚实而肥沃的土地上，生活着一群勤劳、勇敢、积极、乐观的人们。

《黄河儿女》成功地塑造了栩栩如生的农民英雄形象。王春山，人如其名，春天的山峰，出场便是在大自然恢复活力与光彩的春天："他穿一身干净贴体的蓝布衣裳，戴一顶风吹雨晒过的褪色军帽；被叶绿素涂染出来的家做纳帮布鞋，记载着他在庄稼地里的革命行程。他个头儿虽高，却不显得多余；胸背并不那么宽阔，然而肌肉挺突。那双乌亮的眼睛里，满是兴奋的闪光——好像对什么都发生兴趣。这双眼，仿佛一汪能思想的智慧的清泉在活泼地闪动，每一闪动，都是一种思想的闪光。"[1] 一个充满战斗热情的革命者形象便出现在眼前，小说多次提及春山的脚印，已经烙在杨柳大队的土地上，其实他对于杨柳大队的牵挂也在这一片土地上生根发芽。春山的成长是艰辛的，他出生于一个贫农家庭，从小便饱尝了旧社会带给劳动人民的苦和泪。11岁那年，父亲英勇就义，不久，母亲也因贫疾交加而死去。从此，王春山就投进党的怀抱里：父亲的老战友、八路军的一位团首长，把他带到了卫队。直到1955年，春山才离开首长和战友，回到了家乡。1957年，他在党旗下庄严宣誓，要为共产主义奋斗终身。1958年，他当上了突击队队长。后来，他又扛起了大队党支部书记的重担。人生的路是漫长的，坡度也是很大的。从幼稚到成熟，这是革命者的成长规律。从卫队回到家乡是他真正成熟的标志，作为杨柳大队的又一代人，春山回到大队的第一夜便暗下决心要办好三件事：一是密切注意阶级斗争的

[1]　贺政民．黄河儿女［M］．呼和浩特：内蒙古人民出版社，1978：8.

新动向，继续当好祖国的哨兵；二是拼命地为社会主义劳动；三是多做调查研究，多向党组织提供建设性的意见。为了绿化卧云山，他有两个春秋没下山，饿了啃干粮，渴了喝泉水，累了睡窝棚。为了给野马般的黄河水上一道“脚绊”——建水库，他又以一年零八个月的时间，完成了拦河造田工程。他是可爱的、充满正义感的，他对社会的不公和不平等深恶痛绝，愿意为了正义事业而奋斗终身，具有强烈的爱国热情和民族自尊心，始终将国家的利益和民族的尊严放在首位。这种正义感和爱国情怀使他成为一个坚定的革命者，不畏强暴，不惧牺牲。在面对生活的苦难和困境时，他从不轻易放弃，而是凭借自己的毅力和智慧去克服困难，这种坚韧不拔的性格特点使他在革命事业中能够坚持到底，即使在最艰难的时刻也不动摇。然而，王春山的性格也存在一些矛盾之处。他在面对感情时表现出犹豫和纠结，这种复杂的感情纠葛反映了他内心的挣扎和矛盾。他在追求革命事业的过程中，也面临了许多艰难的选择和牺牲，这些都使他的性格更加复杂和立体。

在《黄河儿女》中，贺政民着力塑造了祥云嫂这一女性角色，她勤劳、善良、质朴、坚强、乐观，在她身上闪烁着男子的英雄气概，使她在小说中成为一个具有深刻内涵和独特魅力的角色。她的性格特点和成长历程也反映了当时中国妇女的处境和选择，以及她们在革命与家庭之间的挣扎和追求。当家庭面临困境时，祥云嫂毅然决定将自己仅有的积蓄拿出来支持丈夫的革命事业，愿意为了家人和更大的事业牺牲自己的利益。这样深明大义的举动，也反映了当时许多中国妇女在国家和家庭面前的大我精神。面对丈夫的牺牲，祥云嫂悲痛欲绝，但她并没有沉溺于悲伤之中。相反，她选择了坚强面对，用自己的力量撑起家庭的重担。她不仅在生活上照顾子女，还积极参与革命事业，用自己的方式为国家作出贡献。从悲痛中站起来的勇气和力量，彰显了她的坚韧和顽强。与乡亲们的交往中她总是乐观面对一切，她的笑容和积极的态度感染了许多人。即使在艰难的革命岁月里，她也总是能够找到生活的乐趣，与大家一起分享，乐观使她在困境中成为一个给予他人希望和力量的存在。然而，她也是矛盾的。当面对自己的子女可能因为革命事业而面临危险时，她内心充满了矛盾和挣扎。她既希望子女能够为国家的解放事业作出贡献，又害怕他们受到伤害。这种复杂的情感纠葛展现了她作为一个母亲内心的柔软和矛盾。由此一个在逆境中依旧坚韧和顽强的女性形象展现在我们面前。

虽然黄河儿女的奋斗故事在小说之中结束了，但正如小说中结尾所描绘的美好场景："春山迎着火红的朝阳，扶正军帽，同出工的群众一起，向着阶级斗争的又一个战场，向着建设新生活的又一块工地，大踏步地走去。浩浩荡荡的革命军，在犁松了的人造田上，踩下一片数不清的、目标始终如一的脚印——斧痕般的脚印；开出一条耐人寻味的、宽阔的大道——洒满阳光的大道……"[1] 今天的黄河儿女的故事永无终章，代代内蒙古儿女身后，滚滚滔滔的

[1] 贺政民．黄河儿女［M］．呼和浩特：内蒙古人民出版社，1978：488．

黄河，汹涌澎湃，一泻千里。这是我们奋斗的底气，更是我们奋斗的动力。

贺政民多次呼吁文学爱好者深入基层，真实表达人民的喜怒哀乐，准确反映社会的发展进步，传播正能量，引领人向善。他希望文学爱好者能够成为时代的见证者、记录者和引领者，为社会的发展进步作出贡献。的确，他通过个人的努力完成了北方农村时代三部曲：《玉泉喷绿》（1963年出版）、《黄河儿女》（1978年出版）、《七月雨》（1985年出版），三部长篇小说，共计百万言，为中国北方农村从20世纪六七十年代的农业合作化、人民公社，到20世纪80年代初的土地联产承包责任制，跨度三四十年的漫长历史进程，留下了恢宏的画卷。他是新中国成长起来的新一代作家，对共产党领导下的人民的新生活由衷地热爱，并自愿为之歌唱。他不是先知，对历史在发展过程中的曲折，不会“超越”。他常说的一句话便是：“作家，是时代的书记员。作品都是时代的产物，任凭后人评说。”而他的一生也完成了又一个三部曲：青年时代是作家；中年时代投身企业、产业报国；晚年研究中国传统文化，成为一位风格卓然的书法家、知识渊博的国学家。对此，他的态度是：人老了，得寻见归处。他所写的时代故事，也将永存于内蒙古大地之上。

第五节　祖国这时候正是黎明：张长弓与《漠南魂》

1982年由百花文艺出版社出版的《漠南魂》是张长弓自改革开放以来创作的第一部长篇小说，也是其“北国”三部曲之一。《漠南魂》把漠南地区复杂纷纭的社会生活投影到喀尔嘎大草原上，使读者置身于波澜壮阔的斗争激流之中，以蒙古族的觉醒与起义为主线，艺术地展现了清末至五卅运动内蒙古东部地区一系列复杂的社会矛盾。

清朝末期，草原上喀尔嘎左翼旗郡王欺压牧民和奴隶，这时主人公呼和巴特尔出生了，与郡王之子西林王开始了斗争。呼和巴特尔出生后不久就遭到郡王的追杀，同一年出生的婴儿多数被杀，他金蝉脱壳被一个汉族画匠收养，生活了7年，然后平静的日子又被打破，他的姐姐被抓去当奴隶，他和弟弟跟着养父继续流离奔波，四处奔波中认识了卓力玛。卓力玛之前也是奴隶，两个人在交往中相爱并走到了一起。呼和巴特尔经历了许多磨难后参加了铲王军，旨在消灭王公贵族。在与西林王斗争的过程中，呼和巴特尔升任副军长，后来遭陆金锁嫉妒，被王公诬陷勾结西林王，他的未婚妻卓力玛被抓，铲王军败北。他最终活了下来，离开喀尔嘎草原，之后受到《共产党宣言》的影响，把漠南的斗争和伟大祖国的斗争结合在一起，参加了共产党。《漠南魂》是一次回望、追述蒙古族近现代历史的有益尝试。

张长弓是共和国的见证者，1947年，他开启了革命生涯，1955年正式加入中国共产党。他工作经历丰富，曾在国营贸易公司担任营业员和会计，之后被调到昭乌达盟，先后担任盟贸易公司秘书科长、盟计划委员会综合科长以及盟报社的编辑。他在工作期间并没有停止创作，凭借出色的文学才华，成为内蒙古自治区文联《草原》文艺月刊的副主编。张长弓的才华得到了全国读者的认可。1956年，他参加了全国青年创作会议，而在1960年，他更是以出色的文坛成就出席了全国文教群英会。这之后，他选择到内蒙古大学文艺研究班进修，并被吸收为中国作家协会的会员。张长弓从小就热爱阅读，他沉浸在古典武侠小说中，体验着文字带来的无尽魅力。然而，参加革命后，他的阅读方向发生了重大转变，他开始阅读鲁迅的作品，深刻理解到革命文学的重要性和力量。这激发了他坚持自学和业余创作的热情。张长弓坚持自学和创作的精神令人敬佩，他在繁忙的工作之余，笔耕不辍，创作出大量反映内蒙古人民生活的优秀作品。在30多年的创作生涯中，他发表了近400万字的作品，其中绝大多数是对现实生活中美好和崇高的直接表现和反映，小说洋溢着强烈而激奋的情感，兼具美妙、雄伟、圆润、庄严、威武的风格，显现出狂飙闪电似的气魄和力量，为推动内蒙古地区的文化发展作出了卓越贡献。

《漠南魂》熔铸了内蒙古地区的地域基因。张长弓从20世纪50年代起便从事于文学创作，一直以来，他满怀热情，满怀对内蒙古人民的爱，投身到生活的激流中。他曾说："我希望从灵魂里去了解他们，也就是深入挖掘到他们的灵魂里去。"特别是对生活在内蒙古这块养育他成长的土地上的蒙古族人民，他用自己独特的眼光去观察他们的生活，用饱蘸深厚情谊的笔去写他们的生与死、爱与恨，去写他们的觉醒、反抗与奋飞。他们广阔的胸怀、炽烈的感情、剽悍的性格、深沉的爱，他们对残暴的黑暗势力的无比仇恨，他们同汉族人民生死与共的深情厚谊，构成他们鲜明的性格和优秀的品质。

《漠南魂》更是对蒙古族坚韧性格的忠实记录。张长弓从生活出发，将蒙古族人民之思想感情、性格特征、精神面貌力图揽摄于自己的笔下，从而描绘出蒙古族人民争取自由解放的宏伟历史画卷，表现内蒙古人民在战争中的团结和勇气以及他们对祖国和家乡的深深热爱，以真实的历史事件为背景，通过生动的情节和鲜明的人物，展现内蒙古人民在抗日战争中的英勇形象和坚定信念。这部小说不仅具有浓郁的地方特色，更是一部具有深刻思想内涵和感人至深的描绘人性的作品。无论哪一种艺术形式，我们都要秉持着永恒的精神与意志继承父辈的旗帜，无论年代如何变化，精神与意志是不能改变的。虽然年代不同、社会环境不同，但是坚定的信仰、顽强的斗志是不变的，这意味着必须继承前人的奋斗精神，承袭前人的勇气和毅力，坚持不懈地追求自己的目标。

小说中斗争残酷而激烈，既有封建王公借助祭祀敖包等场合捉拿志士、借春驼大会等机会扑杀牧女、借助宗教势力扼杀婴儿等触目惊心的描写，也有铲王军巧夺王府、血染沙漠、黄羊助战、智出峡谷等引人入胜的激战场面，并采用多线的纵横结构，真实地描绘了那个特定时代里各色人物的不同命运，展现了宏伟的生活画面。小说以酣畅淋漓的笔墨，生动地描绘了内蒙古社会的风物民情、自然景色，散发着草原泥土的芳香，具有较强的艺术感染力。

此外，张长弓在小说中融入了传统蒙古族文学善于浪漫抒情的表现方法，语言上汲取了蒙古族文学的表现特色，触及了草原文化脉搏，注重文本的浪漫主义色彩，将饱含诗情的情绪寓于自然环境之中，给人一种与众不同的独特的感受。文本中还多处出现蒙古族文学特色的祝词、英雄史诗以及蕴含蒙古族特色的谚语、俗语、歌谣、故事、比喻，颇为机智新奇。比如："汉子头点地和鹰被打断翅膀同样羞辱！"[1]他们的每一根神经都变作拉成满月的弓弦。"[2]"你的心蒙着一张牛皮哩，我吃下去就得长病！"[3]"要想

[1] 张长弓．漠南魂［M］．天津：百花文艺出版社，1982：245．

[2] 张长弓．漠南魂［M］．天津：百花文艺出版社，1982：129．

[3] 张长弓．漠南魂［M］．天津：百花文艺出版社，1982：295．

马儿跑得快，得往好草场上赶。”[1] 文本中多处蒙古语的插入，如“赛罕哪”[2]，使内容相对更为真实。这种汲取古典、民间蒙古族文学语言的方式，将蒙古族的质朴开朗，蒙古族文化真切、生动的特色展现得一览无余，洋溢出马背民族浓郁的生活气息。吴秀明也曾评论道：“这样写作，使作品像历史生活本身一样，充盈着一种毛茸茸的、鲜活灵动的东西……”

文学作品要完美地传达其内容，就不能不借助成功的人物形象塑造。《漠南魂》一方面继承了中国古典小说的传统手法，赋予人物一个明朗的主导性格；另一方面又不使人物性格单纯化，注意从多角度去刻画人物的心理，把他们放在种种特定的情境中去表现人物性格的复杂性。这种刻画方式使这些人物独具形态、栩栩如生，成功地跃然于纸上。小说中的呼和巴特尔、赵斌、卓力玛、特格希高娃以及老沙王、西林王、协理伊都等，这些人物形象各具特色，通过被置于具有强烈时代感和地域特点的生活环境中，他们以各自的方式生活着、思想着、行动着，从而表现出鲜明的思想性格。尤其是呼和巴特尔和西林嘎尔迪的性格特征更富有代表性。他们是作家浓墨重笔集中刻画的两个人物，与他们的前辈相比，更集中地体现了大变革的时代精神。呼和巴特尔是贯穿于“北国”三部曲始终的主人公，是《漠南魂》里成长中的英雄人物。尽管在《漠南

[1] 张长弓. 漠南魂［M］. 天津：百花文艺出版社，1982：299.

[2] 张长弓. 漠南魂［M］. 天津：百花文艺出版社，1982：170.

魂》中他的性格尚未发展完整，然而已见雏形，并趋于鲜明。呼和巴特尔一出场便是个朴实敦厚的孩子，身高比同龄的娃娃们高出一头，宽肩厚背大脑壳，不爱说话，只有那一双黑亮亮的小鹿般的大眼睛，在青铜色的脸颊上熠熠生辉。这眼睛，照亮了他自己那扁平的脸膛、翘着的下颌和凸出的颧骨，长着一副俊秀的模样，这种俊秀不是柔弱，而是一种蕴藏着勃勃英气的男子汉的美。他的英气体现在敢于直接背叛王爷，勇敢地为正义与公理辩护："我们奴隶所卫护的，是被你们王公糟践透了的公理和人权。你们背叛公理、正义，我们自然就背叛你们！"[1]呼和巴特尔遵从喀尔嘎父老的意愿，如同深山狮子那样扑向敌人，又像是戴笼头的马一样规驯自己。他时时刻刻牢记画匠爸爸的嘱咐，心里铭刻着一个"义"字；他深知团结的重要意义，与他的弟兄们像石榴籽一般紧紧抱在一起："抱成团儿的蚂蚁能杀死麋鹿！至于西林嘎尔迪和东西协理，那并不可怕。"在呼和巴特尔身上，我们看到了草原的光明和生命的蓬勃。

沙，终究屯不住旺盛的泉眼，冬天也冻不死续根的草，任凭什么样的力量，也挡不住青草发芽！而作品中另一个典型人物西林嘎尔迪，从一生下来就是作为呼和巴特尔的对立面被刻画的。从作品的发展上来看，他们两个人之间的矛盾一直是作为这部作品的主要矛盾存在的。他们之间的矛盾，正是当时民族革命斗争的具体表现。西林嘎尔迪是一个潇洒英俊、知书达理、励精图治的末代王公

---

[1] 张长弓．漠南魂［M］．天津：百花文艺出版社，1982：398．

贵族的代表人物，他比起老郡王来更具有欺骗性。作为封建统治阶级中的一个，他既不同于《红色娘子军》中的南霸天，也有别于《茫茫的草原》中的贡郭尔扎冷。他同样是作家用自己的笔塑造出来的这个民族另一个阶级的典型代表。在斑驳纷杂的人物画廊中，张长弓成功地塑造了一系列的人物形象。他们虽各具形态，却没有游离于作家所表现的生活内容之外，这为作品增色不少。

《漠南魂》中有着对中华民族共同体意识的价值追求，这既是时代精神的体现，又是作者自觉的价值追求。小说以内蒙古草原为背景，通过描绘草原上的风物民情、自然景色，展现了草原文化的独特魅力。读者可以感受到草原人民的豪放、直率、忠诚、勇敢等特质，以及他们对自然和家园的深厚感情，这种草原文化传统在当代内蒙古人民的生活中仍然有着深刻的影响。小说中也反映了内蒙古人民在抗日战争时期团结一致、共同抗敌的精神，各族人民不分彼此，共同为抵抗日本侵略者而奋斗，体现了中华民族团结一心、共克时艰的民族精神。这种团结意识在当今地区稳定、民族和谐的社会背景下仍然具有重要的现实意义。小说中展现了内蒙古人民在抗争中表现出的巨大力量和勇气，面对残暴的统治和艰难的生活，人民没有放弃，而是勇敢地站起来反抗，这种抗争与求变的勇气体现了内蒙古人民不屈不挠的精神风貌，也是地区精神的重要组成部分。小说中描绘了内蒙古人民对家乡和祖国的深深热爱，他们为了保卫家园、捍卫祖国，不惜付出生命的代价。这种热爱家乡、忠诚祖国的情感是地区人民思想的核心，也是推动地区发展的强大动力。《漠南魂》展现了内蒙古地区人民勇敢、团结、抗争和热爱家乡与祖国的地区精神，这种精神对于当代内蒙古的发展和繁荣仍然具有重要的意义。

《漠南魂》中所叙述的内蒙古人民的解放历程包含着强烈的历史讯息。它的斗争脉络伴随着义和团、辛亥革命、五四运动、军阀统治、无产阶级运动逐渐清晰，这种倾尽心力关注北疆少数民族追求民族解放历程的雄心值得赞赏。

小说中有两对矛盾，一是蒙古族王公贵族与贫苦农牧民的对峙；二是各权力集团间的紧张博弈。通过对比，确立各自阵营人物及其主要性格，并在时空视野下将矛盾凸显。小说中以阶级为标准划分的相关人物形象，可以分为四大类：老一代蒙古族王公、旧势农牧民、新一代的蒙古族王公与新一代的农牧民。老一代的王公与贫民、新一代的王公与贫民是压迫性延续的承载；而反抗性变化则体现在同属于贵族的老一代人与青年一代，同属于下层的老一代人与青年一代中，对比中摸索到历史历时性的转变。其中，“青年”“老”等词语在革命话语中不仅仅是区别年龄，更被赋予了政治意义。而且对比手法运用在两个新一代人物——呼和巴特尔与小王爷的形象塑造上。在小王爷形象的塑造上，作者一方面将其作为改革的施行者，得到一定的认可，但是由于阶级属性的抗衡，小王爷的私人生活被塑造得格外混乱、阴暗。二者相互作用下，自然形成了农牧民、奴隶被逼，进而确立革命反抗道路的模式。此外，各级社会力量均存在于一个对比鲜明的地理空间。上层王公生活宽裕、富足，而与此相对的穷苦农牧民、奴隶则生活得水深火热。共时性的空间存在，将阶级矛盾的对立延展到了背景中，铺垫着一种战争文化心理的紧张韵调。在广阔的时空之下，群体性的场面如借祭祀敖包捉拿志士、借春驼大会扑杀牧女、借宗教势力扼杀婴儿、铲王军巧夺王府、血染沙漠、黄羊助战、智出峡谷等，都从大场面形势状态上铺染了一层或是仇恨或是英雄的气氛。不过，这中间也不乏令人感动的情节，如呼和巴特尔的母亲，开篇坚毅的身影、因思念成疾的心碎、对喇嘛教愚昧且真诚的信奉以及最后倚着古树盼望孩子归来的慈母心，细节真挚，格外动人。

张长弓的一生充满了奋斗和奉献。他在革命工作中不断学习、进步，始终保持着对文学的热爱和对生活的热情，他的生活经历和创作成就为我们提供了一个了解内蒙古文化、历史和社会生活的窗口。他的作品将永远铭刻在内蒙古文学的史册上，成为激励后人不断追求进步和创新的典范。

追随着《漠南魂》的叙述踪迹，我们可以感受到草原的广袤与壮美，草原的尽头和蔚蓝色的苍穹连接在一起，草坡、草洼、沙丘、沙窝，一座座柳林、一泓泓泊子，芨芨草重重叠叠，像只只游艇浮荡在湖面上。从漠南草原到王府，从大漠戈壁到边境口岸，每一个场景都描绘得栩栩如生，使我们仿佛置身于那个特定的时代和环境之中。而《漠南魂》也在忠实地告诉读者：祖国的明天将会如同花朵一样绽放出灿烂的姿容，祖国的未来将会像歌声迎着黎明的曙光一般更加辉煌！

第六节　沙海科考之歌：冯苓植与《神秘的松布尔》

《神秘的松布尔》是冯苓植所著的一部长篇小说，讲述了20世纪60年代初期，一支科学考察队深入松布尔大沙漠进行探险的故事。这支考察队由来自不同领域的专家和年轻队员组成，他们面临着艰苦的环境和未知的危险，但怀揣着对科学和理想的热爱，踏上了这片神秘的土地。在松布尔大沙漠中，考察队遇到了许多挑战和危险。他们要面对恶劣的气候、干燥的空气、变化无常的沙丘以及迷失方向的威胁。然而，他们也发现了许多令人惊叹的现象，如会唱歌的沙丘、风力创造的迷宫、被黄沙掩埋的古城、戈壁滩上的石蘑、漠海中的翠岛、月夜里的野驼等。这些发现不仅展现了沙漠的神秘和美丽，也让人们对这片土地充满了敬畏和惊叹。小说有丰富的情节元素，有生活、有日常、有理想、有爱情，是一部兼具知识性、趣味性和启发性的小说。

冯苓植出生于山西代县，在成长过程中，他不断追求文学的梦想，并在内蒙古师范大学中文系接受了系统的文学教育，自此，他与内蒙古结下深厚情缘。他曾在多个岗位工作过，当过教师、歌舞团编剧、文联创作员等，后来成为内蒙古作家协会的专业作家，丰富的人生经历使得他的作品充满了生命力和感染力。他的文学创作成就斐然，冯苓植自称“文坛的游牧者”，著有长篇小说《阿力玛斯之歌》《出浴》《狐说》等多部，中篇小说集《冯苓植小说精品选》《沉默的荒原》《落草》等15部，散文随笔集《神聊》《巴基斯坦游记》等。部分作品被翻译成英、法、日、俄等外文版本。他的中篇小说《驼峰上的爱》曾获得全国优秀中篇小说奖，长篇小说《神秘的松布尔》《虬龙爪》均获得内蒙古中长篇小说一等奖，《妈妈啊妈妈》经改编后获得全国“五个一工程”奖，《女王之死》获得全国金盾小说奖，《大漠金钱豹》获得《人民文学》中篇小说奖等。这位在中国文坛上独树一帜的作家，以其特立独行、变幻莫测的写作风格和深入人心的作品，引起了广泛的关注和赞誉。

《神秘的松布尔》为我们展现了草原景观外的内蒙古特色奇景——沙漠景观。科学考察队所探寻的松布尔沙漠地处阿拉善境内的腾格里—乌兰布和沙漠，它是内蒙古西部边缘的茫茫瀚海，被周围沙原上的蒙古族牧人称为“松布尔”——高深莫测、烟波浩渺的漫漫沙洲。当然，冯苓植不是为了进行地理图志的编写，而是意在通过描绘大沙漠的特异场景与人物的命运以及故事情节的推进交织在一起，互为映衬，完成一本艺术感强、引人入胜的故事。小说中迷宫般的石堡为柳若经与秦萌之间的爱情提供了发生、发展的场景，而当迷宫之链解开后，柳若经眼前的幻景退去，她才发现一切都是假的，石堡只是风力切削的奇境。正当柳若经暗中痛苦时，地质学家又在这里发现了稀有金属矿脉，给人们带来了巨大的欢乐。这种写作手法的运用，使得文本具有较强的艺术感染力，增强了作品的可读性。此外，在核心情节的建构上，《神秘的松布尔》也有着巧思，小说以四大核心事件串联，一是科学考察队的探险。小说中描述了一支科学考察队深入松布尔大沙漠进行探险的故事，这次探险的主要目的是寻找稀有金属矿脉，同时也有助于人们更好地了解这片神秘的沙漠。在探险过程中，尽管考察队遇到了许多危险和挑战，但他们最终克服了种种困难，取得了重大成果。这一事件是小说中的核心情节，也是故事发展的主要推动力。二是爱情的萌芽与破灭。在考察队中，柳若经与秦萌之间的爱情逐渐萌芽，但由于柳若经的过度保护和占有欲以及秦萌内心的矛盾，两个人的感情逐渐产生裂痕。在一次意外中，秦萌离开了柳若经，双方感情彻底破灭。这一事件对柳若经的内心产生了深刻的影响，也使得故事情节更加复杂和引人入胜。三是发现稀有金属矿脉。在探险过程中，地质学家们发现了稀有金属矿脉。这一发现不仅为考察队带来了巨大的欢乐和成就感，也为国家的发展提供了重要的资源保障。这一事件具有重大的现实意义和历史价值，也体现了科学考察队工作的价值和意义。四是故事的结尾。在小说结尾处，柳若经在经历了种种磨难和挫折后，重新振作起来，开始了一段新的旅程。这一事件象征着主人公的成长和蜕变，也表达了作者对人生和未来的积极态度和乐观精神。《神秘的松布尔》中的四大事件，不仅构成了小说的核心情节，也体现了作者对人生、爱情、成长等主题的深刻思考和表达。

《神秘的松布尔》的时代属性寓于人物的对话之中。罗必达与李凡关于年龄与政治的对话中，李凡说："这几年我们国家经受着多大的考验：天灾、人祸、国内外阶级敌人猖狂的反华大合唱！说实在的，我们为了经受考验，有时甚至得勒紧肚子！……但是中国人民是有志气的！就拿周鼎教授说，已经六十岁了，他被压垮了吗？他头顶烈日，冒着酷热，穿越茫茫的松布尔进行考察，这说明了什么？这说明他坚信党的领导，坚信只有社会主义才能救中国！这难道不是政治吗？依我看这要比那些空头理论家高一万倍，这就是最实际、最饱满的政治！"[1] 老向导讲述了自己的故事，故事中提到自己1958年在包钢剪彩的时候，幸福地见到了牧人贴心的好总理，他不但亲切地握了他这捡牛粪的手，而且语重心长地嘱咐他建设边疆，尽快改变家乡的面貌，这一年他回到了沙原，看到松布尔成立了治沙总站、分站，设立了无数群众治沙点，沙原上有了林带、草场，出现了一片又一片新绿。而老向导的愿望便是，"常常向沙漠深处惨死的亲人默祷：快了，快了！就要给你们送去浓荫，送去清凉的水，就会让你们长眠的地方变成苍翠的草原……"[2] 说

[1] 冯苓植．神秘的松布尔［M］．北京：人民文学出版社，1980：93.

[2] 冯苓植．神秘的松布尔［M］．北京：人民文学出版社，1980：387.

到小说的时代属性，不得不提及的便是它的写作背景，小说在开始写作时，向“四化”进军成为新的时代要求，正是在这种背景下，作品应运而生。所以在老向导的故事讲述之中，我们可以看到当时的社会变革和发展趋势。小说中提到了公社化运动和农业现代化等事件，这些事件反映了当时草原人民在社会主义建设时期的努力和追求。在公社化运动方面，小说中描述了草原人民积极响应国家号召，实行集体化的生产方式和生活模式。这种模式打破了传统的个体经济模式，促进了社会生产力的发展和生产效率的提高。同时，也提高了草原人民的政治地位和社会认同感。在农业现代化方面，小说中提到了一些现代化的农业生产技术和设备，如拖拉机、收割机等。这些技术和设备的引进和应用，使得生产效率和产量得到了显著提高，同时也改善了草原人民的生活条件和质量。“犯其至难而图其至远”，虽然改革路上不是一帆风顺的，但代代内蒙古人民就如同饱经磨难而不屈服的老向导一样发出惊天的誓言：“只要我们还有一口气，就要在松布尔走到底！”[1] 这一勇于变革、迎难而上的精神便是蒙古马精神。在内蒙古改革发展的新阶段，倡导与弘扬蒙古马精神，对于激励各族人民艰苦创业、开拓进取，推动内蒙古各项事业全面发展具有重要的现实意义和历史意义，这也是《神秘的松布尔》的当代价值与意义所在。

时代属性无法掩盖的是《神秘的松布尔》所展现出的和谐的内

[1] 冯苓植．神秘的松布尔［M］．北京：人民文学出版社，1980：390.

蒙古。草原人民在日常生活中所体现出的和谐、包容是其独特的文化特征。小说呈现了草原人民对于自然的敬畏和依存，在草原上，人与自然、动物之间的关系是和谐的。冯苓植通过对自然人性的美和动物性的美的大力歌颂，揭示了这种和谐的关系。这也体现了草原人民尊重自然、与自然和谐共生的思想意识。再者，作品中的民间传说和动物故事也体现了草原文化的丰富性和神秘性。这些故事穿插在作品中，将历史和当代、想象和现实融为一体，展现了草原文化的深厚底蕴和独特魅力，这也是北疆文化的重要组成部分，体现了人民对中华优秀传统文化的珍视和传承。最后，作品还展现了草原人民在现代文明冲击下的矛盾与挣扎。随着商品经济的不断发展，草原的宁静被打破，各种现代化的新鲜事物逐渐进入草原人的生活当中。现代文明为人们的生活带来便利的同时，也让草原上人与人之间变得不一样。这种矛盾与挣扎体现了草原人民在现代化进程中的困惑和无奈，但也表达了他们对传统文明的坚守和对幸福家园的追寻。《神秘的松布尔》中的精神主要体现在对草原文化的和谐本质、对自然的敬畏和依存、对传统文化的珍视和传承以及对现代文明冲击下的矛盾和挣扎的描绘上。这些精神特质展现了内蒙古地区的独特魅力和文化底蕴。

《神秘的松布尔》是风格鲜明的草原题材小说。一是闲笔的妙用，作者不吝笔墨地描写了神奇的沙漠景观，如会唱歌的沙丘，在沙漠之中常常回响起蒙古族民歌：“沙原上的牧驼姑娘哟，风沙就是她的嫁妆；望不到一滴清泉哟，只有泪珠沾满衣裳……”[1]除了真实的歌声，还有神奇的景观，每当人们走过陡峭的沙坡，脚印留下，顺着那滑动的流沙就发出深沉的鸣奏，如同大提琴被拉响了一般，在茫茫的大沙漠里嗡嗡地回荡着、颤抖着。这样的神奇景观的发生原因至今是个谜，有人推测这是由于沙粒滑动的时候，它们之间的孔隙时大时小，经常变动，空气时而进入这些缝隙，时而又被挤出，因此产生振动而发声；也有人认为是沙丘下面存在一个潮湿的沙土层，上面干燥的沙粒的振动波传到潮湿层时，便会引起共鸣，发出声响；还有的科学家提出，只要沙漠表面的沙子细而干燥，含有大量石英，被太阳晒得火热后，再遇上风吹人动，沙粒产生摩擦便会发声；还有些科学家做了更深入的解释，认为石英晶体对压力非常敏感，受到挤压就会生电，而在电的作用下它又会伸缩振动，并发出声音来。总之，众说不一，但沙丘“唱歌”的秘密为松布尔沙漠又蒙上一层面纱。又如风力创造的迷宫、被黄沙掩埋的古城、戈壁滩上的石蘑、漠海中的翠岛……这些闲笔的运用使作品充满了趣味性。二是具有鲜明的草原风貌。小说中融入了大量的知识和信息，包括沙漠中植物、动物等方面的知识。比如骆驼刺，是一种常见的沙原植物，耐旱、抗碱，生命力极强。它叶子碎小，节约水分，便于在带刺的茎干里储存营养。每到夏季，便结满了小小的红色浆果，甜且酸，既可解饿，又可止渴。经过化验证明，它

[1] 冯苓植．神秘的松布尔［M］．北京：人民文学出版社，1980：72.

的营养比一般青草还丰富。它和骆驼有共生作用，骆驼爱吃它，它也靠骆驼啃下它的枝条、吞进它的浆果，然后随着骆驼的四处活动，把浆果内的种子随粪便排出，播向大漠深处。因而把它叫作骆驼刺，是再恰当不过了。这些知识不仅增加了小说的知识性和趣味性，也让读者对这片神秘的松布尔大沙漠有了更深入的了解。

《神秘的松布尔》叙述风格独特，以章回体架构小说既能体现出作者的艺术敏感性，更能体现出其有意识地将汉蒙民族文学艺术形式互相融合的努力。出生于文学世家的冯苓植从小对中国传统文学就很熟悉，受其祖父影响，他在少年时期对古典文学的学习和喜好就有着异于常人的表现，在古典文学的熏陶下，冯苓植对于章回体尤为偏爱。并且在蒙古族的文学史上有很多文学作品也以章回体来写作，如尹湛纳希的《青史演义》《一层楼》《泣红亭》等。《神秘的松布尔》中有引子“桅杆”与尾声“船尾”，从海边望船首先望到桅杆，到海边望船最后看到船尾，小说的结构呈现出回环之美。中间28章每一节标题下都有引子，如第一章“沙港”的引子为“沙港，舰队远航的起点”[1]，第十二章“海城”的引子为“海城，沙涛淹没了的古城”[2]，第十八章“灯塔”的引子为“灯塔，沙涛上翠绿的航标”[3]，第二十三章“海啸”的引子为“海啸，沙

[1]　冯苓植．神秘的松布尔［M］．北京：人民文学出版社，1980：7.

[2]　冯苓植．神秘的松布尔［M］．北京：人民文学出版社，1980：201.

[3]　冯苓植．神秘的松布尔［M］．北京：人民文学出版社，1980：308.

海怒涛在恐怖地咆哮”[1]……这些带有解释的标题让小说显得意蕴无穷。小说中塑造了许多鲜活的人物，放弃了逻辑严正故事的讲述，致力于书写真实的人，最为传神的是老向导与其小孙子巴勒斯的对比。老向导穿着件墨绿色的蒙古族长袍，扎着宽宽的杏黄色绸带，蹬着老式的牛皮翘头靴，从外表看，是个典型的剽悍的蒙古族老牧人。但是在那浓密的眉毛下，那双深沉的眼睛却是阴郁的，和那埋在胡须丛里紧闭的嘴巴配合起来看，仿佛脸上布满了一层乌云。他的小孙子十二三岁了，小家伙双手抱着骆驼的前峰，天真的圆脸上露出惊讶而喜悦的神情，随着骆驼迈步，小小的身子一上一下地起伏着。一头浓浓的卷发，一双淡淡的短眉，一对滴溜溜乱转的眼睛，一张映着霞光的胖乎乎的圆脸，配着那杏黄色镶黑边的小蒙古袍、小巧的黑马靴，简直如同一幅油画。这阴沉的老人，与这喜悦的家伙，形成了多么鲜明的对比！冯苓植从生活经验出发，力求进入人物的内心世界，按照他们特有的生活逻辑去塑造人物形象。小说中的秦萌，是个驼舟覆灭后的叛逃者，但这是他的出身、特定的环境以及个人的追求共同作用的结果，作家认识到了这一点，并在作品中揭示了出来。此外，小说中运用象征、隐喻等修辞手法，将自然与人类、动物与人物相互映射，揭示出人性的复杂性和丰富性，字里行间充满了对生命、爱情、人性等永恒主题的哲理性思考，使其具有更深的思想内涵。

---

[1] 冯苓植．神秘的松布尔［M］．北京：人民文学出版社，1980：392．

冯苓植的文字朴实无华，却能够深入人心，让读者产生共鸣和感动，而其20世纪80年代的内蒙古书写是紧紧围绕人道主义话语形态而进行的。他所描述的汉族和蒙古族形象不同于他“十年特定历史时期”结束前的兄弟民族的架构，而是基于普遍人性、个体的主体性的追求。21世纪以来，冯苓植将目光转向了蒙古族的历史文化。“不求闻达，甘于寂寞，大半辈子都跋涉于茫茫的戈壁和荒原之间……”钱谷融先生将冯苓植唤作“文坛游牧人”。如今，年逾八旬的冯苓植老先生仍笔耕不辍，他在用不竭的探索精神和个体的思想光芒烛照、影响着内蒙古丰富多元的地方文学，书写着新时代的英雄传奇。

第三章

守望相助深情

北疆各族人民同心同德，在中国共产党的民族政策引领下，铸就了新中国第一个自治区。自此，内蒙古从凝固的塞外风景变为蓬勃建设的草原新篇。建设内蒙古的乐章在北疆如火如荼地展开，新中国钢铁工业的巨子——包钢，在“有鹿的地方”成长，齐心协力建包钢的热情比肩一号高炉的热度，内蒙古寸铁不产的历史从此结束。北方森林的晨曦与朝阳，见证了中国正北方的热土上各族人民走入新生活的昂扬与欢乐。一支森林里的歌，勾勒的是中华民族共同体同心圆的温暖图景；一丛琥珀色的篝火，照亮了各民族互帮互助的共同心声。草原额吉宽广温暖的怀抱，超越血缘，在每一个渴望母爱的孩童心中构筑起中华民族共有精神家园，三千孤儿自此成为国家的孩子。在帐篷前，在穹庐下，在茫茫的草原上，乌兰牧骑作为国家使者，以百灵的婉转、马头琴的悠扬、骏马的风雨兼程，一往无前，始终践行着全心全意为人民服务的根本宗旨。

第一节　建设草原的同心：《草原！新禧！》

边塞的苍茫不仅造就了唐诗的一种审美风格，也积淀了一代代中国人的美学视野。但这一切在内蒙古成为新中国第一个自治区之后发生了转折。草原，不再是远方的风景，而是建设北疆的热土。不论是林伯渠、谢觉哉等领导人的视察，还是老舍、萧乾等文化名家的到访，都无一例外惊喜于内蒙古从“天苍苍、野茫茫”向“农林牧副渔”俱兴的历史巨变。内蒙古已经从边塞的美学向建设的美学转变。

如果需要举出一位见证过草原的今昔，也叙写过草原的今昔的作家，就没有比萧乾更合适的人选了。20世纪30年代，他沿着平绥铁路抵达内蒙古西部，写下了《平绥琐记》。平地泉路边因贫穷而茂盛的罂粟震撼着年轻的萧乾的心，他是为了一窥塞外风土而来的，所到之处却是一片民不聊生的残破景象，心怀赤诚的知识分子生出愤懑与焦灼期待，他渴望草原的新变。时代巨变是历史的加速推进器，新中国成立后，萧乾故地重游，再次踏上了内蒙古这片土地，他带着接受了新生活的雀跃与欢喜，写下了草原的旧貌变新颜。

也许是因为这地方海拔接近一千尺的缘故，天低得好像可以用手摸到，因而，人们对云彩的变幻也特别留心。衬着青石板一般的蓝天上，云彩有时候团团飞卷着，像一簇狂舞着的雄狮，可是顷刻之间又会化成黑乌乌的一片煤层。这时候，汽车声嘶力竭地跟云彩赛起跑来了，随后，煤层上吧嗒吧嗒地掉下雨点。可是把脑袋从帆布里钻出来，朝四下里一望，乌云罩不到的地方却仍然是黄澄澄的一片阳光。骤雨还没住，太阳又嬉戏着，从云隙里投下一道亮光，就像悬在半空的一匹薄纱。

这时候，一个奇丽的景象在我们面前呈现了：一道完整的虹，衬着天空和草原，从地面拱了起来，好像一道彩色的巨门。我说“完整”，因为我们可以清清楚楚地看到虹的两端跟地面衔接的地方。

不一会儿，风把云彩吹散了，雨自然也就停了下来。云彩又驯顺地变成了白色，有的化成一棱棱，好像透视片上的肋骨；有的散成一座座岛屿，上面影影绰绰，似乎还辨得出一些苍松古柏；也有的被吹成细长条，好像半透明的银鱼，在蓝天里逍遥自在地飘浮着。

蓝天下面，公路就像一条叠成无数折纹的黄色带子。每逢汽车呜呜地向上爬行的时候，我们就好像是朝着一条通天的大道开去。不过爬到顶端，仍旧是一片无边无际的草原。[1]

我们看到，萧乾所写的草原是调皮的、跃动的，是有生命力的。云霞与太阳、彩虹与风，是奔腾的，是明亮耀眼的。萧乾是把自己融入其中写草原，不再是走马观花。萧乾写了草原的建设者，这是新生的草原与20世纪30年代的草原，与古代边塞的草原最本质的区别。勘探队员要在下半年决心把带暖气的车修到赛罕塔拉。“车里头悸动着那颗年轻、富有理想、热衷于征服草原、建设草原的心。草原的新生在于草原的建设者已经起来。”[2]萧乾所看到的新生的草原，被老舍、端木蕻良、翦伯赞、叶圣陶、顾颉刚、阮章竞、翁文灏、韩儒林一再证实。“它的千山一碧、万古长青，又恰好与广厦、良材联系起来，于是，它的美丽就与建设结为一体，不仅使我们拍掌称奇，而且叫心中感到温暖，因而亲切、舒服。”所见所闻，到处都是建设的热情、建设的赤诚。从兴国安邦的兴安岭到达赉湖的渔场，从牙克石乳品厂到黄河边上的制糖厂，“各族人

[1]　萧乾．旅人行踪：萧乾散文随笔选集［M］．北京：中央编译出版社，2005：189．

[2]　萧乾．旅人行踪：萧乾散文随笔选集［M］．北京：中央编译出版社，2005：197．

民在同一工厂，在同一块田地上亲密地愉快地劳动，也看到了各族的儿童在一块儿读书，在一块儿玩耍。”[1]各族人民同心同德，合奏出内蒙古建设的明亮乐章。

如果说每一个中国人都被唐诗中的明月照耀过诗心，那其中有一轮一定是从边塞升起；如果说每一个中国人都被唐诗中的风雪从眼前拂过，那其中有一阵一定来自塞外的八月。所以，我们阅读20世纪60年代初踏访过内蒙古的名家之笔，他们都因眼前草原的新变融化了心头储存的塞外的冷月与风声而发出惊叹。这可能是他们觉得唯有用“新”字、用“春”字命名与书写草原才能表达一种建设草原的激动的原因，如《内蒙新感》《草原上的春天》《泥板书的新页》《荒沙的改造》《草原！新禧！》。“大家语言不同，心可是一样。握手再握手，笑了再笑。你说你的，我说我的，总的意思是民族团结互助！”[2]“祝福频频难尽意，举杯切切莫相忘。”[3]“蒙汉情深何忍别，天涯碧草话斜阳。”[4]“十五年后，

[1] 内蒙古人民出版社编辑部．远域新天［M］．呼和浩特：内蒙古人民出版社，1963：8.

[2] 内蒙古人民出版社编辑部．远域新天［M］．呼和浩特：内蒙古人民出版社，1963：6.

[3] 内蒙古人民出版社编辑部．远域新天［M］．呼和浩特：内蒙古人民出版社，1963：6.

[4] 内蒙古人民出版社编辑部．碧野春风［M］．呼和浩特：内蒙古人民出版社，1963：32.

我看到呼和浩特和内蒙古各族人民满面春光。”[1] 历史变迁、时代变迁、文化变迁，都叠映在心灵的变迁之中。“恩格斯说‘世界史是最伟大的诗人。’我们在内蒙古地区看到了这个最伟大的诗人的杰作。出现在这个杰作中的不是莺莺燕燕，而是群鹰搏击，万马奔腾。在世界文学的文库中，哪里能找到这样波澜壮阔、气势豪放的诗篇呢？”[2] 他们被草原的新声所围绕，所以让草原的新风流淌于心底、诉诸笔端，开启了建设草原的画卷。

[1] 内蒙古人民出版社编辑部. 远域新天［M］. 呼和浩特：内蒙古人民出版社，1963：24.

[2] 内蒙古人民出版社编辑部. 远域新天［M］. 呼和浩特：内蒙古人民出版社，1963：120.

第二节 草原上建起钢的城：扎拉嘎胡与《草原的早晨》

周恩来总理为包钢一号高炉剪彩，已经被共和国的历史镌刻，那激动人心的一幕记录了新生的国家建设钢铁工业基地的雄心。20世纪60年代初，扎拉嘎胡深入包钢工地，同蒙古族第一代钢铁工人“同吃同住，一同劳动”，完成了长篇小说《草原的早晨》。作品围绕“塔钢”，呈现了草原上建起一座钢的城的艰辛汗水与钢铁意志，重现了包钢建设初期艰苦卓绝而充满激情的岁月。

《草原的早晨》通过描写20世纪70年代激烈的路线冲突、人物冲突，再现了建设包钢过程中的巨大困难与最终迎来胜利的过程。小说表现了炼铁方案中的路线冲突，塔钢总厂的厂长陈新生、炼铁厂厂长沈宣、炼铁厂副厂长兼总工程师阿尔巴与特技师特力坤在采用甲型风口、乙型风口、丙型风口方面意见相左。支持阿尔巴的工程师赫洛嘎尔及鸿柯汗、炼铁厂工会宣传部干事哈洛坤与支持特力坤的工人哈达楚鲁、哈都尔、高娃、琪木格也针锋相对。与路线冲突对应的是人物冲突，阿尔巴的妻子娜日丝支持特力坤，琪木格得到了哈达楚鲁的爱，也被赫洛嘎尔追求。路线冲突与人物冲突通过真相大白的故事反转获得解决，塔钢总厂书记斯木勒揭穿了陈新生与沈宣的错误路线，阿尔巴也终于幡然悔悟，赫洛嘎尔的罪恶根源为世人熟知，贯彻了“鞍钢宪法”的甲型风口方案得以顺利施行。

守望相助、甘于奉献、敢于创新、自强不息的精神在包钢第一代工人群体身上展露无遗。技师特力坤是典型代表。他和恶劣的自然天气做斗争，和敌对势力较量，和时间赛跑，广泛发动群众、科学筹谋、反复实验，在与乙型风口、丙型风口的对比中，他带领众人成功制备了甲型风口，提高了生产效率，使得钢铁产量突飞猛进。他不为名利所动，不为浮华所扰，在他看来，只要能冶炼塔林矿石，顺利进行风口改革，其余都可轻掷。面对赫洛嘎尔的破坏，特力坤科学谨慎；面对鸿柯汗的出言不逊，特力坤沉着冷静。他冒着风雨，来到悬崖下采集矿石标本；他忍着剧痛，在洪水危机中开凿白云矿石。他是包钢建设中第一代技术专家筚路蓝缕开拓创新的缩影。

哈达楚鲁、琪木格、巴尔斯、石瑞开、张晨生、鸿柯汗、高娃、哈洛昆等一系列工人形象，是包钢建设中工人群体的生动写照。哈达楚鲁冒着严寒购买坩埚归来，大雪和风沙猛烈地抽打着他的脸。泥沙粘在他的皮鞋上，每一步的行走都分外艰难。哈达楚鲁小心地保护着用于实验的坩埚。一辆自行车和车上人同时向哈达楚鲁冲击过来，面对飞来横祸，哈达楚鲁冒死抓住手里的坩埚包。

哈达楚鲁来到铸铁车间，看到堵塞的排水沟与四处堆砌的废料，提出了“坚决清理现场，恢复原来的面貌”的口号，奋力清理，不仅改变了作业现场，还以身示范团结了工人。为了降低工人在工作中遭受高温炙烤的风险，他和铸铁间的伙伴们制造了扒渣小推车。哈达楚鲁携手众工人修改材料库，避免工具和白灰遭受风吹雨淋。在甲型风口抢修过程中，哈达楚鲁因腿被焦炭烧伤送进了医院，住院观察。但是他在医院坐立不安，辗转反侧，心系风口抢修。勇敢的姑娘琪木格巾帼不让须眉，为了不愧对蒙古族第一代钢铁工人的身份，她强忍衣服被火炙烤的疼痛，举着特大焊枪，下面连接着几百斤重的甲形料，耐着口干舌燥，机敏地进行着焊接工作。“即使烧焦了一块肉，也不能轻易放下焊枪”的信念始终鼓舞着她。

一切景语皆情语，《草原的早晨》中的草原风物也是沉默的主人公，诠释了“包钢为全国，全国为包钢”的时代语境中齐心协力的建设激情与排除万难的勇气。春雪、鹅毛大雪、狂风、暴雨、雾霭，恶劣的自然天气无疑给特技师等人实行的甲型风口革新带来了困难，尽管现实重重阻隔，但“关关难过关关过”，特技师等人身上展现的顽强拼搏、吃苦耐劳、坚韧不拔、无坚不摧的优秀品质显得更加可贵。俯拾即是的蒙古族谚语从草原生活中取譬，生动地传达了钢铁工人迎难而上的奋斗过程。“乘马需要蓄锐，同志需要帮助”“不到博古达山顶决不死心”“说得有根有梢，不如拿出证据来。秃子怕摘帽子，贼怕赃物嘛”“开了天窗的柏幸（土房），还怕烟雾弥漫吗”“不能急，心急驯不服烈马”“今晚的实验，马尾串羊脑提不起来了”“盘在蘑菇茎下的花皮蛇，善于用保护色的”“一棵幼树从沙窝里拱出来它就要挡风沙”“采人参，就不怕采蒺藜”“碰大雪不违诺言，遇暴雨不误时间”……或是慧眼识金，或是披荆斩棘，或是拨云见日，或是柳暗花明，这些谚语，从侧面展现了工人们披沙沥金建设包钢的过程。

直至晚年，扎拉嘎胡依然难以忘记当年在包钢与工人同吃同住同劳动的岁月，以他叙述，为新中国钢铁工业建设的内蒙古篇章增添了永远闪光的华彩。

第三节　森林的交响：许淇与《北方森林曲》

20世纪50年代，许淇怀抱对人生、对艺术的挚爱和对祖国的热爱从上海来到内蒙古。他先后担任过教员、工会干部、记者和编辑，曾深入钢城包头的各个角落以及草原、农村、森林和沙漠。朝气蓬勃、五光十色的现实生活赋予他以诗的激情和文学创作的动力。他曾随地质勘探队走遍内蒙古的森林、草原、大漠、湖泊，亲身参加了包钢建设。北方森林、草原的辽阔与苍茫感动着他、激励着他。草原民族的淳朴、开朗感染着他、吸引着他。他热爱这片土地，热爱这里的人民。而内蒙古地区各族人民丰富多彩的生活和生动活泼的口语，则是许淇散文创作的重要源泉。他以艺术家的热情和建设者的心怀解读着这片土地。

许淇在他的《北方森林曲》中抒写了一曲曲清幽脱俗的森林赞歌，歌颂了祖国的大好河山和热爱生活的劳动人民，把读者引进苍茫的兴安岭大森林。在诗人心目中，这森林是神秘而又多姿多彩的。那苍劲挺拔的落叶松、婀娜多姿的白桦、皑皑雪原和飞驰的爬犁，构成一幅绚丽壮美的森林交响曲。而诗人的笔触更伸展到生活在这寥廓森林中的鄂温克民族。《小镇上来了个鄂温克姑娘》《罗列，你当新娘啦》《蜜》《雪·爬犁》等以富于民族风情的生活情景，撩起了这个居住在兴安岭丛林中的神秘民族面纱的一角。我们似乎嗅到了森林清醇的空气，听到了鄂温克族青年婚礼上的欢歌笑语，看到了他们生活的和美与温馨。字里行间洋溢着诗人对祖国壮丽河山的由衷赞美之情，散发着浓郁的北国泥土芳香。

许淇所以能写出这样的作品，是因为他对塞外高原以及生活在那里的人民怀有深深的爱恋。他曾经长期受大自然的熏陶，和鄂温克族的兄弟相濡以沫生活在一起。他住过游牧帐篷，每晚从烟熏火燎的毡毛包窟窿，仰望夜空的星斗；曾经围着篝火和可汗年代就使用的简易锅撑，吃煮不烂的手扒肉，听牧马人唱古老的情歌；曾经在贺兰山的原始森林中，晨曦透亮的山涧旁，屏息静候野马鹿来喝水；还曾骑骆驼进入腾格里沙漠，他对北国森林、草原有着剪不断的诗情，唱不完的小夜曲。

他在《北方森林曲》中深情地吟咏："河流，遍布群山和亚细亚草原，膏腴了我们的贫瘠的北方的河流呵！河流，是森林的血脉和筋络，森林的每一朵绿色呼吸，都能吹皱你们心中螺钿般的涟漪。"在我看来，如此豪放、粗犷的北方的森林曲中，有着江南的温婉和细腻。上海氤氲了许淇的平和、敏感、细致和钟灵毓秀，而内蒙古的草原、森林、大漠、湖泊则赋予了他雄浑、苍茫、开阔和大气磅礴。许淇独创的“词牌散文诗”，是他兼容南北气质的文学创作的最好证明。

许淇是以情思做画笔，诗句做画布，描绘内蒙古的风情物貌，讴歌大地和人民的。他的“散文诗”“诗中有画”，“画中有诗”。曾有学者在20世纪80年代评论他的散文诗时说，“犹如一幅幅气韵生动的写意画，生活之美、情感之美充溢其中”。他的作品表明，这种情调的发展变化仍然源于他对祖国大地和人民的深厚感情。这是许淇散文的抒情精神。许淇散文的描写，或景或人，或动或静，或寥寥数笔，或横涂竖抹，往往具有画一般的意境。这和他长于绘画，习惯用画家的眼光看待事物有密切的关系。

许淇是一位画家兼作家，具有多方面的才能，他擅长油画、中国画。在文学创作方面，除散文诗外，还写了不少散文和小说。他把绘画、音乐、散文、诗歌，乃至电影的表现手法融入散文诗创作，大大丰富了散文诗的体式。他认为散文诗应该“更生活化，更现代化；感应这个瞬息万变的时代精神应该更敏锐”。诗人“理解它的韵律应该更自然流动，它的节奏更繁复多变，它的容量更充实广大”。他写下《掀开世界画册》和“城市交响”组诗、《细砂集》，从微观转向宏观，由自然转向社会，在读者面前展现出奇异多彩的艺术天地。他不仅不断拓展散文诗的题材，还在散文诗的体式上进行了多方面的探索。

许淇常常将他擅长的绘画艺术融入散文诗创作中，使他的诗作具有画的色泽和神韵。他用多彩的画笔描绘出一幅幅山水画。生活之美、情感之美充溢其中，如鱼游春水，鸟飞蓝天。他的散文诗在描写上具有很强的绘画性，他长于运用色彩，寥寥数笔便可以勾画出一幅优美的图画。有的是大处着笔的写意画，只注意轮廓的勾勒，如《北方森林曲》等，展现出兴安岭的雄伟、草原的壮阔、森林的神秘幽深，从中可以领略到祖国山河壮丽雄奇的自然美。有的从小处着墨，像是一幅幅工笔细描画，如《花的草原》《落叶松》《秋梦》等，呈现出草原森林的绮丽风光，给人具体而深刻的美感。他的《秋梦》，饱蘸深情，活脱脱地描画出一幅兴安岭的晚秋风景画，线条明晰，色泽斑斓。他以动人的笔触描摹着史诗般的中国北方的故事，文人的雅趣、诗画的情调、章法的严整、文笔的清丽，这些都是许淇散文的追求，也是许淇散文的风格，它带着浓浓的中国散文传统。假如说这样的散文观念和散文风格还带有士人的情趣和古典的色彩而不足以特别珍视的话，许淇的散文还有现代特点，即强烈的生命意识和对人物命运的关切，后者使他的某些篇章带有小说的性质。

此外，《北方森林曲》体式自由、长短不拘，带有散文舒卷自如的特点，因其传达出“森林家族”的诗意而成为散文诗。它以写实性意象为基本构件，按一定序列组合而成。它着眼于真实的物态、人情、风景、习俗，勾勒出带有民族性、地域性的风情画，来表现作者的主观情意。这些散文诗多是叙事与抒情相结合的篇章，抒情中穿插叙事，叙事中流动着抒情。

在多篇访谈中，许淇都强调了散文诗的文类性质，把它看成“现代文学的新品种”。这个说法至少包含两层内涵：一是“新”，即散文诗是不同于现代文学“大观园”中的小说、诗歌、散文、戏剧、报告文学等其他一切文类的独立存在；另一层是“现代”，即散文诗不同于古代描写山水田园和个人意趣的抒情小品文，而是具有鲜明现代意识的现代文类，是用现代语言表达现代中国人的思想、情感、情绪和心理的文类。

对许淇散文诗的回顾和总结，在某种意义上可以说是对中国当代散文诗的一次回顾和总结，这并不是说许淇散文诗的创作成就达到了足以代表当代散文诗的高度，而是因为他长达60年的创作史几乎与当代散文诗的历史一样长，也因为他所走过的散文诗创作道路与当代散文诗的历史形成阶段性的同构关系。从1958年在《人民文学》发表作品起许淇就没有停止过散文诗创作。在那个特殊的年代，他的散文诗过于“温柔”，不够“干预生活”，因此也就没有被打成“毒草”，但同时也就没有在新时期“鲜花”重放。从这个意义上说，作为散文诗人的许淇是寂寞的；从中国当代文学史的编撰来看，作为一个文类的散文诗同样也是寂寞的。

许淇的散文诗创作，仅就题材范围的宽度和丰厚性来说已经达到了一种“创造”的境界。富于开创性的题材拓展与探索，丰沛灵动的现代主义因素，让许淇的散文诗具有了独辟蹊径、另立标高的品质。同时，为了增强作品的表现力，许淇经常调动多样的表现技巧，如时空大幅度跳跃，以通感造成视觉形象、听觉形象、触觉形象的交融，使诗作在短小篇幅里有较大空间感，形象也产生立体效果。许淇的散文诗常常借助比喻、比拟、通感等修辞手法，使语言优美、形象、生动、清新。他特别注意语言的音调美，把情调、色调与声调糅合在一起，造成一种独特的律动。他还注意语言的色彩美，给人以丰富斑斓的色彩感。

许淇有一支普里什文式的生花妙笔，他善于将自己内心的感觉与大自然融为一体，赋予大地、草原、森林和瀚海以和合的风貌。他善于探求散文诗的新质与多重可能，创造性地将古典词牌与现代散文诗嫁接成一种新的精神作物，并通过精耕细耘，在芳草地上结出了富有智慧与诗性的硕果。他是一位焊接艺术大师，善于融会诸多艺术门类和现代的表现手法贯通人的各种官能感应，力图以尽善尽美的形式传递诗人的灵感与思考，在绘画丰赡的色彩与音乐鲜明的节拍中，让我们感觉到另一种韵律的存在，那就是风的自由的呼吸和自然天籁的永恒的脉动。

作为当代散文诗坛一位富有探索性和开拓性的大诗人，许淇是当代散文诗坛少数几位富有实验、创新和艺术冒险精神的开拓者之一，是一位带着感情、带着责任、带着思考、带着追求推动中国散文诗发展的大艺术家。作为兼有诗人和画家禀赋的许淇，不仅仅因为他写出了草原、沙漠、北国森林以及祖国山河与地域风情的美和深邃的内涵，更由于诗人持久而非凡的寻路问津、心灵的律动与脉跳、感官的交错与挪移、意境的创设与奇接、文本的内蕴与多义、哲理的顿悟与渗透、语言的自由与超逸，为散文诗艺术催生助长了生命无尽的活力。他借助词牌，在“古典与现代”的焊接中实现了语境转换；他倾听城市，在“现实与心灵”的交响中实现了语境转换；他仰望星空，在中西艺术的交汇中实现了语境转换；他体察细腻，在“微观与宏观”的嬗变中实现了语境转换。而每一次转换与所发生的深刻变化，都在散文诗艺术谱系中增添了新的模式，促进了新质的生成。

第四节　走向光明与互助：乌热尔图与《琥珀色的篝火》

《森林里的歌声》与《琥珀色的篝火》，在中国当代文学史上有着不可替代的意义。《森林里的歌声》在父与子的失散与重逢中，表现了鄂温克族人民当家作主的过程，而鄂温克族父母对乌娜吉的爱，则连接起民族团结的纽带。因此，这是一阕鄂温克族人民走向共和国怀抱的温暖之歌。《琥珀色的篝火》则讲述了林木开采造成的城市人与鄂温克族部落的冲突，但扶危济困、有难同当的互助之心，最终消解了双方间的隔膜，点亮了理解之光。

《森林里的歌声》在情节设置上，遵循了典型的“十七年文学”模式，悲剧命运同时降临于敦杜父子身上，父亲辛苦打猎换来的物品被李贵与管家张横骗走，儿子则在与父亲失散后屡遭欺凌，唯一的温暖来自同样遭受苦厄命运的长工张大山，“山里”与“山外”、“贫民”与“地主”构成了两组极其鲜明的二元对抗关系，甚至在作品人物的命名中就得以体现。从受苦受难走向阖家团圆，光明结局背后的主要动因是昂嘎幸运地找到了“救命人”——共产党，并且加入了抗日队伍。偶然性的叙事被嵌套在必然性的因果中，至此，故事的逻辑也臻于圆满。但是，桦树林里婴儿的出现打破了截然对立的二元关系，“山外的汉族人也有受苦人”，相较于作品开端处延妮娜对儿子说“山外人，心不好”，敦杜的同情与善良构成一种对民族间隔膜的反哺。当然，敦杜的举动在最开始遭到了延妮娜的激烈反对，沉浸于丧子之痛的她称呼弃婴为“狼崽子”，要杀掉她为昂嘎报仇，但是在几天过后，延妮娜却转变了思想，决定养活汉族弃婴，在相处的过程中将这个孩子视如己出。可以说弃婴乌娜吉为民族间的交流融合提供了契机。作者使用了大量的笔墨来描写她在鄂温克族部落的成长片段：“春天，额妮教她挤鹿奶，总是把那最新鲜的鹿奶留给她吃；夏天，额妮教她鞣皮子，总是把最暖和的鹿崽皮做成衣服让她穿。阿敏教她打猎、打鱼，心细得像额妮一样。寒冷的冬天，他总是在齐腰深的雪里开路，而让她骑在仅有的一只驯鹿上，还把她的小手放在自己的怀里取暖。乌娜吉十一岁敢去大森林找回驯鹿。十二岁自己打回松鼠和松鸡的时候，阿敏和额妮是多高兴啊！”由于曾经的历史局限造成的隔膜，在朝夕相处与患难与共中逐渐消解，并生发出超越了血缘的亲情。乌热尔图刻画描写的父子、父女温情，是民族交流的日常图景被四季时光珍藏的标志。

昂嘎重回山林，已经是新生的共和国的使者。“阿敏，苦难已经过去。我们鄂温克族人世代盼望的春天到来啦！你们看，那是人民政府派来的慰问团，驮的东西，是救济我们的各种物品。现在全国已经解放，我们山里的鄂温克族也要过幸福生活啦，还要定居，当家做主人！”作者借助昂嘎的口吻，展现出鄂温克族“时间开始了”的希冀与盼望，接着还进一步强调了“山外汉族的受苦人是咱们的骨肉兄弟”。“受苦人”的身份认同，建立起鄂温克族、汉族“骨肉兄弟”深情。这一民族融合叙述方式与情感方式在乌热尔图的小说中不止一次出现，《熊洞里的孩子》中的爷爷在开头告诉孩子“山外人比疯熊还厉害”，但是在结尾则改变了看法：“过去爷爷糊涂，现在明白了。这些山外人，不，穿布衣裳的好人。在这冻死松鸡的冷天进山，就是来找我们——受苦的鄂温克族人。孩子，他们要让咱们也过上你常想的小鸟在天上唱歌，小鱼在河里游，那样没人欺负的好日子。孩子，是他们从熊洞里救了咱们，是共——产——党！”由此，“共产党”这一全新的形象化解了鄂温克族对于山外人的惊惧与拒斥，新生的共和国顺利地进入鄂温克族的文化语境内部。在《森林里的歌声》中，一首关于春天的鄂温克族民歌贯穿了小说始末，一方面增添了文本的文学性与抒情性，另一方面也构成了鄂温克族的春天到来的美好前景的隐喻表达。

在具体的叙述当中，尼库这一人物的形象比较丰满。前文提到，在《森林里的歌声》中，面对丈夫救婴的举动，延妮娜的思想存在一个从排斥到接纳的过程，但是由于作者对人物心理的处理较为简单，并未交代其转变的复杂心路历程，因此就显得突兀。然而在《琥珀色的篝火》中，尼库的情感更加具有流动性，作者借助尼库和妻子塔列的对话，表现出他在营救妻子与路人之间抉择的艰难挣扎，尽管对话较为简单，但是人物的焦灼与犹豫已跃然纸上。脾气暴躁的尼库在看到迷路者的脚印后忍不住骂道："那几只鸟儿，真是笨透了。离小路只有几步远，蹭着边走过去，硬是没看见。妈的，看见他们没准我会用柳枝抽一顿。"他也会因为在救人过程中走的方向与公路正好相反而生出一些怨气，然而并未停下进入山林的脚步；发现山外人把他的食物都吃光时，也曾闪过一丝不悦，但是这种不满很快被陌生人的感激所打消。由此可见，尼库并未被塑造为一个不食人间烟火的人物，而是鲜活地表现出一个普通的鄂温克族猎人炽烈的爱憎情感。这些内心活动与性格特质不曾有损于对其善举的褒扬与颂赞，反而使得他的行动更加真挚感人。另外，较之前文，作者的情感隐晦了很多，"隐含作者"没有介入文本抒发议论，直接表达对尼库的歌颂，而是更多专注于故事本身的讲述与人物心理的刻画。同时，小说采用了开放式结局，没有直接交代塔列与尼库的相见，打破了过去大团圆的模式，从而使文本叙事具有蕴藉的艺术意味。

值得一提的是，作者并未把这种精神品质设定为尼库个人的性格特征，"他觉得没什么可说的，不论哪一个鄂温克族人在林子里遇见这种事儿，都会像他这样干的。只不过有的干得顺当，有的干得不顺当。"尼库最终下定决心先行营救路人，也有妻子和儿子支持其奉献的因素。由此，鄂温克族人舍己为人、善良热情的精神在这一家人身上得到彰显，闪动的火光恰是鄂温克族美好品质的象征。自乡土文学发端以来，许多作家都表现出对于城市文明的强烈拒斥，都市在他们的笔下成为市侩与喧嚣的代名词，因此，他们转而怀念田园牧歌式的乡村生活，在文字中建构乡土文明的桃源，并在其中寄予一定的人性理想。与之类似，“寻根”的意义在乌热尔图这里也以正面的姿态出现，原始丛林形塑了鄂温克族人的精神气质，相较于山外城市的喧嚣和市侩，乌热尔图显然更欣赏这一森林民族质朴粗犷的善良。尽管描摹的地域风景为大众所不熟悉，但是他笔下的森林并未呈现出蛮荒的悲剧审美气氛，反倒因其古老而显出几分纯洁宁静，由舍己为人的故事所传达的精神内核也带有儒家“兼济天下”的影子，这或许恰恰印证了不同民族文化之间共同的底色。

但是回到作品所展现的民族关系上，我们似乎可从中管窥一些复杂的因素。在乌热尔图这两篇小说中，鄂温克族人似乎与生俱来地具备勇敢的特质，《森林里的歌声》中，昂嘎在反抗欺凌时大喊着“鄂温克族人不怕死”，《琥珀色的篝火》中，十四岁的秋卡在尼库离开后独自带领病重的母亲出山求医，而三个山外人则显得十分孱弱，尼库为他们指路后本打算就此离开，但山外人十分依恋地挽留他，就连年岁比他大的老汉都称呼他为“大叔”，这一称呼满足了尼库渴望被山外人尊重的心理，激发了他更大程度上的善心。小说插叙了尼库对于过去进城时被人歧视与欺侮的回忆：“他想起那次在小镇上喝醉了酒，舒舒服服地躺在路边的树荫下，一群孩子无缘无故朝他撇来一块块石头。他还想起，有一次，他扛着猎枪，穿着渍满血污的猎装，走在热闹的大街上，不少人用那样一种眼光盯着他，有的直躲。那种眼光他记得清清楚楚，好像他们在看一匹马、一头牛。他还想起，他走进招待所时，那个女服务员的神态。他记下了她扭歪了的小鼻子，捂得很严的、难看的大嘴。”但是，文化碰撞时产生的龃龉并未让尼库因仇恨而放弃营救，反而让他强烈感受到今非昔比的“被依靠”的价值感。一方面，山外人进入鄂温克族所在的森林后表现出的弱小反衬出鄂温克族人在这一领域中的优势，我们很难完全剥离这种对比之于鄂温克族“民族自信力”的建构作用，帮助落难的山外人进一步强化了这种民族认同感；另一方面，他们又无比渴望着山外人的认可与尊重：“这是从大城市来的人呀！他们见过多少世面！现在，他们用这么恭敬的眼光望着他一个鄂温克族猎人。他发现自己被人推到一个尊贵的位置，这是难得的心灵里的位置。这是第一次！多漂亮的第一次呵！”经济水平意义上的“现代文明”冲击使得长期生活在山林中的猎人们对山外的城市抱有不自觉的敬畏，无意识抬高了对方的位置，并从对方的尊重中得到极大的满足感。

乌热尔图，以他文学猎人的敏锐，呈现了中华民族多元对话交融的丰富向度与多重空间。

第五节　大爱无疆：萨仁托娅与《国家的孩子》

1959年至1961年是共和国的特殊历史时期，上海等地的育婴堂里收留了比正常年份多几倍的弃婴。很多孩子因口粮短缺，营养不良，面临着巨大的生命考验。如何渡过这一难关，让身处困境中的孩子健康成长，很多人对此忧心牵挂不已。在国务院总理周恩来、全国妇联主席康克清的关切下，从内蒙古紧急调拨了一批奶粉，可这只是杯水车薪。时任内蒙古自治区主席乌兰夫提议，可以把一部分孤儿送到内蒙古，由草原人民来抚养。自此，从南方到北方，从东南沿海到塞北草原，一场跨越山水相隔的家国大爱接力，绵延壮大。

尽管当时自治区的经济也很困难，但牧民坚信，只要草原上长草，就会有羊有牛、有牛奶，就能养活这些国家的孩子。其中，有的是事无巨细的周到细节，尿布奶瓶、奶粉被褥，都被内蒙古卫生部门放在计划之内；有的是国家至上的万众一心，不论是蒙古族额吉还是达斡尔族妈妈，她们无一例外都保证了“国家的孩子”不受任何委屈，把他们永远放在第一位；有的是设身处地的温暖呵护，孩子们从南方来，尽量为他们供应大米。这超越了地域之别、血缘之别，是多民族我中有你、你中有我的守望相助；这超越了一时一地，是内蒙古人民无私奉献、吃苦在前、友爱赤诚的精神表征。

“国家的孩子”是一段跨越特殊历史时期与岁月淘洗的大爱传奇，是草原额吉用生命写就的一首无声之歌，是家国大义与母爱融合的一部深沉赞词。国家的孩子，已经成为共和国历史上的精神财富，值得永远铭记。2021年习近平总书记关于“三千孤儿入内蒙”的讲述，再一次让历史佳话散发出熠熠生辉的时代之光，它照亮了共和国历史民族团结互助的来时路，也照亮了共和国未来民族团结繁荣的新征途。

萨仁托娅的长篇纪实文学《国家的孩子》就是为这一佳话留下的文字印记。作家通过实地走访，走进额吉与孩子们的心扉，让一个一个散落在草原深处的关于爱的故事、关于善的故事，变成夏日草原上盛开的鲜花，散发出馥郁诱人的芬芳。

《国家的孩子》塑造了草原额吉伟大母爱的群像。每一个国家的孩子成长的背后都有一位平凡又伟大的母亲。南斯勒玛夫妇收养了瘦弱的女儿，但孩子由于疾病缠身，羸弱不堪，南斯勒玛几经辗转，精心照料，终于让女儿收获健康。敖登格日乐额吉放下自己的孩子，义无反顾地照顾起西苏旗保育院的孩子。四子王旗保育院的“25个孩子每人都有一个好听的蒙古族名字，是旗保育院的阿姨们给起的。都贵玛额吉，从最初对尿布的不适到最后通过孩子们的尿布掌握孩子们的健康情况，作者设身处地地回想起自己第一次做母亲的体验，表现了都贵玛深沉的情感。张凤仙收养了6个年岁较大的桀骜不驯的孩子，为此操劳一生。查干呼额吉与丈夫潘阿拉希，收养了两个国家的孩子。为了养活这两个孩子，潘阿拉希辞掉公职，回到草原做了牧人。还有两位额吉的故事感人至深。敖根额吉收养了残疾儿子朝克图，一生不离不弃，抚养他长大，供养他读书，并为他娶妻生子。谈及自己的经历，敖根额吉丝毫不谈儿子的残疾给自己带来烦恼，却为儿子只能依靠轮椅度过一生而感到遗憾与心酸。还有一位收养了先天性脑瘫的孩子的额吉，作者来到草原时，这位善良的额吉已经不在人世，但额吉给自己收养的女儿取的名字却体现了额吉无私的爱，她给女儿起名为阿塔拉，阿塔拉的意思是金子。临终之际，这位额吉依然无法安心，直到千方百计找到一个愿意照顾残疾女儿的女婿才得以瞑目。就像这位无名的额吉一样，这些草原额吉收养国家的孩子，不求回报，他们用善意与悲悯，用爱与理解，接纳着每一个来到自己蒙古包的生命。当作者向已经迈入老年的额吉们表达感谢之时，甚至有采访的举动时，额吉们都会格外慌张，觉得这实在是理所应当，完全可以忽略，是不值得一提的小事。这就更显示了草原母亲的深沉与博大，她们用自己的行动向人们诠释了爱之真谛，无须喧哗与掌声，无须点名与表扬，她们觉得本该如此，就像春风吹过草原，草原就会绿意盎然。

《国家的孩子》一书生动地呈现了草原额吉善良淳朴的人性瞬

间。年仅19岁的都贵玛尚未成婚，当孩子们把她称作“额吉”时，她觉得羞愧难当。达丽玛因为年纪较大，所以拒绝领养，都贵玛通过不断吟唱《哭泣的骆驼》等蒙古族民歌，唤醒达丽玛对家的向往。收养扎拉嘎木吉的第一个家庭，对扎拉嘎木吉不无冷落，都贵玛为此大发雷霆，又几番寻找，扎拉嘎木吉最终被善良的养父母养育成人。包凤英因为额头上有一道伤疤，因此很长时间无人领养，包凤英的养母陈秀琴额吉也曾为此动摇过，但最终还是不忍就此放弃这样一个可怜的孩子，决定收养。包凤英在养父母那里得到了百般呵护，幸福成长。巴特尔的养母查干呼额吉始终没有向儿子说明身世，是为了让他觉得自己在这个世界上有最亲的人。几乎所有的额吉，都会在养子养女成婚之时，拿出收养之时保存的一星半点原有家庭留下的信物，希望他们在有生之年能找到自己的亲人。草原额吉用一生呵护养子养女，但又充分理解血缘与伦理传统。她们身体力行，演绎了母爱的无处不在与细致入微。

《国家的孩子》以实录的方式呈现了三千孤儿进入内蒙古时，内蒙古各级政府面临的实际困难但又众志成城渡过难关铸就大爱的情景。几年间，上海与华南地区的孤儿分作几批到达内蒙古。刚到内蒙古的孩子们一个个面黄肌瘦，严重营养不良，很多都是疾病缠身，甚至有生命危险。当时内蒙古也面临缺医少药的现实困难，但上至自治区政府，下至各级盟旗政府、民政局、医院、保育院，都在全力以赴克服困难。其中温都尔庙作为国家的孩子进入锡林郭勒盟的第一站，作出了不可磨灭的历史贡献。为了让来自南方的孩子适应高原和草原气候，适应寒冷与干燥的天气，温都尔庙从内蒙古医院等抽掉骨干医生，从旗政府、从苏木乡镇选派志愿人员，让各级领导干部主动请缨领养孩子，并且严格规定领养要求，从经济方面、思想品德方面、为人处事方面，多方考察养父母，这是极为务实有效的主张和方法。在这里，孩子们学习蒙古语，接受治疗，补充营养，温都尔庙是国家的孩子们雏鸟试飞的第一次，他们在这里丰满羽翼，之后便被蒙古族阿爸额吉领养，在草原生根。

《国家的孩子》展现了国家的孩子们在草原成长、成家，扎根草原，以自己的一生延续家国之爱的图景。如果说额吉的爱是一棵大树，为孤儿搭起爱的绿荫。国家的孩子们则带着爱的绿荫，在草原开枝散叶，把额吉的爱传承下去。这是亲子之爱、家国之爱的成长表现。扎拉嘎木吉并不记恨第一个养父母家庭曾给他的冷落，而是理解为他们没有为人父母的经验，一直帮助两位老人，使其安度晚年。不论是不善言谈的朝鲁、一腔抱负的温都苏、果敢干练的达丽玛，还是勤快能干的包凤英，这些国家的孩子都会在养父母大寿之日，为他们举行庆祝宴会，虽不能表达爱之万一，但这代表了他们对养父母的感恩之情。特别是，这些国家的孩子，都已经完全成为草原之子，他们放牧，他们被草原的太阳晒出红色的脸膛，他们说一口流利的蒙古语，有唱不完的蒙古族民歌。他们善良而温和，永远记得内蒙古草原接纳他们的善意，并用自己的实际行动在回报，就像一棵小草融入草原妈妈的怀抱。

第六节　一专多能为各族人民：阿勒德尔图与《红色文艺轻骑兵——乌兰牧骑纪事》

乌兰牧骑是蒙古语，蒙古语中的“乌兰”是红色，“牧骑”是嫩芽儿，汉语直译过来就是“红色的嫩芽”，后来被引申为“红色文艺轻骑兵”。

新中国成立之初，内蒙古农牧民生产生活得到明显改善，但受限于居住分散、交通不便、通信落后等，文化建设相对滞后，农牧民的文化生活单调，精神生活匮乏，与物质生活的提高不能同步。1957年初，内蒙古文化局组织调查组深入牧区和半农半牧区进行调查，根据牧区、半农半牧区地广人稀、交通不便和居民点极其分散的情况，认为要使农牧民群众的文化生活丰富起来，就必须建立一种装备轻便、组织精悍、人员一专多能、便于流动的小型综合文化工作队。经过充分研究，1957年6月17日，第一支乌兰牧骑在群众文化工作比较活跃的锡林郭勒盟苏尼特右旗宣告成立。红色的嫩芽绽叶了，一辆马车满载歌声，携带演出道具和帐篷，迎着朝阳，追赶落日，走过了风霜雪雨，走过了阳光明媚，不断壮大，跨越历史的长河，一直活跃在内蒙古北疆大地农村牧区的田间地头，角角落落。60多年间，乌兰牧骑已经从一株红色的文艺嫩芽成长为一面红色文艺旗帜。

2017年11月21日，习近平总书记给内蒙古自治区苏尼特右旗乌兰牧骑队员们回信，充分肯定了乌兰牧骑付出的艰苦努力和作出的重要贡献，深刻揭示了“人民需要艺术，艺术也需要人民”这一乌兰牧骑长盛不衰的重要原因；称赞乌兰牧骑是全国文艺战线的一面旗帜，勉励队员们大力弘扬乌兰牧骑的优良传统，永远做草原上的“红色文艺轻骑兵”；寄语乌兰牧骑要“扎根生活沃土，服务牧民群众，推动文艺创新，努力创作更多接地气、传得开、留得下的优秀作品”，并对乌兰牧骑事业发展提出新期望，赋予乌兰牧骑新时代的新使命。

阿勒得尔图的长篇纪实文学《红色文艺轻骑兵——乌兰牧骑纪事》采用全景式结构，通过多方位、多角度的立体叙述，对各地乌兰牧骑在不同年代服务人民群众的感人故事以及队员的成长历练、经典剧目、重要演出等进行了全面展示。在叙写故事的同时，作者有机地融入了内蒙古各地的历史文化、民俗风情等，力求带给读者丰富的阅读体验，从而进一步形象地加深读者对“红色文艺轻骑兵在内蒙古大地上传承、发展、创新的认知。2022年，《红色文艺轻骑兵——乌兰牧骑纪事》荣获第十三届内蒙古自治区文学创作“索龙嘎”奖和内蒙古自治区第十五届精神文明建设“五个一工程”奖。

以天为幕，以地为舞台。内蒙古乌兰牧骑身体力行地践行了把艺术绽放在大地上的共和国艺术工作者的行动准则。翁牛特旗乌兰牧骑成立之初只有6人，乌国政就是这6名队员中的一员。乌国政全力以赴，成绩斐然。1966年5月，他载誉而归，组织上对他委以重任，准备将其留在自治区工作。面对基层和升迁的抉择，乌国政毅然选择了前者。作为从基层成长起来的文艺工作者，他始终心怀对于基层文化事业义不容辞的责任感和使命感，即使是更加优厚的待遇也不能使他改变初心。乌国政不是第一个作出这样抉择的人，也不会成为最后一个，正是因为这些文艺人才“守得住初心”“耐得住寂寞”“待得住基层”，才使乌兰牧骑办得有声有色。热喜是鄂托克旗乌兰牧骑的“金字招牌”，1959年初热喜的文艺才干被上级发现，于是授予他组建乌兰牧骑的重任。事业还未开始，一道困难便摆在热喜面前。乌兰牧骑初建时，国家和旗里的条件都很困难，搞文艺又需要有一定的物质基础作为支撑。热喜并没有因此一蹶不振，没有条件他就用自己双手双脚去创造条件。于是，他和队员们一起用双手“堆起”了一座简陋的训练室，甚至慷慨解囊，用自己的工资购买了必备的器材设施。他与队员们一起捡糜穗儿、掏老鼠仓，以克服粮食方面的困难，同时还要兼顾外出表演等任务……牧民感念乌兰牧骑队员们的辛苦付出，纷纷开始接济他们，帮助他们渡过难关。

《红色文艺轻骑兵——乌兰牧骑纪事》展现了乌兰牧骑艺术家们精益求精的艺术追求。在普及与提高之间，在传达国家声音与发展艺术魅力发展之间，乌兰牧骑队员不断寻找着时代与生命的契合途径，孜孜以求，攻坚克难，如同一匹在风雨中奔跑的蒙古马，对艺术不断追求，精益求精。作曲家宝音于1971年被选入东乌珠穆沁旗乌兰牧骑，那一年他只有12岁，是乌兰牧骑队伍中名副其实的“娃娃兵”。白驹过隙，如今的宝音已年过花甲，以《五星红旗》在内蒙古人民广播电台播出为标志，几十年来宝音创作了独具特色的各类体裁的音乐作品1000多首，获各类各级奖项数不胜数。额济纳旗乌兰牧骑队长雷东香错过了最佳练舞期，本就起步晚，又如何能赶得上“拼命”的队友？搬腰、甩腰、压腿这些对于舞蹈演员来说司空见惯的动作，对于雷东香来说简直就是“灾难”，但是她咬牙忍着身上的剧痛，硬生生地扛过了那段不堪回首的岁月。

这个原创力强大的团队忠于艺术，确实是“扎根生活沃土”的。《鸿嘎鲁》是乌拉特中旗乌兰牧骑自编自创的精美舞台剧之一，它的创作灵感来源于同名的乌拉特民歌，这一作品在锡林郭勒盟举办的自治区首届蒙古语戏剧节上摘得金、银、铜奖各一枚。乌兰牧骑的艺术家达林太为了创作舞蹈《蒙古莎特尔》（汉语意为“蒙古象棋”），聚精会神地盯着两位下蒙古象棋的老人长达几个小时，反复揣摩人物情态，不断思考可以用到的舞蹈语汇。当这部作品被搬上舞台，观众久久无法从舞蹈表演中走出来，只留下“是这样、是这样，就是这样啊”的感慨。乌兰牧骑有很多耳熟能详的文艺节目，如《接羔舞》《顶碗舞》《挤奶舞》等，其创作灵感及创作题材都与牧民的日常生活密不可分，正因为队员们如此沉浸于生活的回馈，才让艺术创造的灵感迸发，打造出了“接地气、传得开、留得下”的艺术精品。

大漠关山，草原隔壁，朝阳落日，带着使命出发，怀着真诚上路，再把老百姓的心声记在马头琴弦上，记在歌声里。《红色文艺轻骑兵——乌兰牧骑纪事》还向我们展现了乌兰牧骑队员与草原人民水乳交融的血脉关联。巴图朝鲁是苏尼特右旗乌兰牧骑的第一批队员，一次，他们来到正值旱季的阿其图乌拉公社乌日根大队，乌兰牧骑队员在与牧民同吃同住的过程中，注意到了水资源的匮乏对于牧民日常生活的巨大影响。巴图朝鲁主动向队长提出为当地牧民开挖水井的请求，立即得到队长的赞成。鉴于当地特殊的地理环境，疏松的流沙极易导致塌方，加之缺乏专业的钻井工具，水井工程进展并不顺利。一度进入困局之际，巴图朝鲁挺身而出，他只用一段牵在队员手中的绳索作为自己安全的保障，便在冰冷潮湿的井底开始人工清理水井底部的流沙。经过几天几夜的奋战，乌兰牧骑队员用自己执笔创作的双手在浑善达克沙地边缘硬生生开辟出一口“生命之井”，这座井也被命名为“乌兰牧骑井”。

乌兰牧骑与牧民的关系，不仅仅止于演员和观众的关系，他们更像是异姓的兄弟姐妹。乌兰牧骑队员荷花借住在二道井子公社，一天家中的“阿爸”突发急病，需要医生诊治，当时已是夕阳西下。为了阿爸，荷花认准方向策马前行，当暗夜完全降临，在荒无人烟的草原上她才感到恐惧与无助。但一想到家中正被病魔折磨的“阿爸”，荷花最终还是克服了内心的恐惧。乌兰牧骑始终坚持全心全意为人民服务，这一信念被几代队员贯彻到日常行动之中。1957年盛夏，苏尼特右旗乌兰牧骑乘坐马车前往演出的下一站阿其图乌拉苏木，中间要经过一段茫茫沙漠。沙漠气候恶劣，队员们顶着烈日艰难前进，随时面临脱水的危险，好不容易发现一口水井准备起锅烧水时，队员们发现水井中赫然倒立着一具正在腐烂的牛犊尸体。正在大家犯难时，一阵由远及近的驼铃声打断了队员们的沉思。原来是有牧民看到了正在赶路的乌兰牧骑，专门派出一支驼队护送乌兰牧骑走出沙漠。就在这次表演中，一名队员突然病倒，当地两位60多岁的牧民夫妇将这名队员接到家里，无微不至地精心照料。为了打消小伙子内心的忐忑和愧疚，老额吉不断亲吻着他发热的额头，祝福他早日康复。这种深厚的情谊还体现在，在风雨中依然等候队员表演的牧民朋友、时隔数十年依然记着队员名字的老额吉……

作为一部文艺作品，《红色文艺轻骑兵——乌兰牧骑纪事》让文学说话，用细节呈现，让乌兰牧骑的时代征程、乌兰牧骑队员的心灵史如一幅多彩画卷徐徐展开，正如宣传与艺术并重的乌兰牧骑本身。比如书中提到，乌兰牧骑队长伊兰因为表演得惟妙惟肖，使得从来没有看过演出的浩日勒老额吉不能相信舞台上的演员是台下的伊兰，直至伊兰重新换装，老额吉才终于确认台上的老姐妹原来真的是个小姑娘。书中还描写了乌兰牧骑巡回演出第一队的朱嘉庚在开往延安的火车上，兴致高昂地创作《草原儿女爱延安》的情景，文笔细腻，感人至深。

60多年来，乌兰牧骑送去的是欢声笑语，送去的是温暖，他们用歌声、舞蹈等各种形式诠释着党和政府对农牧民群众的关爱与牵挂。在新时代，乌兰牧骑这株参天大树在内蒙古旺盛生长并且枝繁叶茂，《红色文艺轻骑兵——乌兰牧骑纪事》如同从这棵大树之上撷取了一枚叶子，上面刻写着乌兰牧骑清晰的发展经纬、嘹亮的时代之歌，从中甚至还可听到蒙古马昂首时发出的嘶鸣。

第四章

雏鹰驭风之姿

“春发其华，秋收其实”，伴随祖国的成长，内蒙古儿童文学迄今已走过70多个年头，其间曾涌现出一批富有草原特色的优秀作家，如杨平、哈斯巴拉、杨啸、力格登、乔澍声、鄂·巴音孟克、张我愚、石·础伦巴干等。21世纪以来，韩静慧、许廷旺、贾月珍、夏桂楣、吕斌、杜拉尔·希然、童话（王雁君）、刘金龙、马端刚、权蓉、何君华等，以及耕耘多年的儿童文学理论家张锦贻[1]，纷纷获得全国优秀儿童文学奖、冰心儿童文学奖、全国少数民族文学创作骏马奖等儿童文学届的最高奖项，以鲜明丰富的创作特色和高质高量的作品产出屹立于文坛。杨啸的《鹰的传奇》三部曲近70万字，时间背景横跨内蒙古抗日战争和解放战争历史时期，描写了莫日根、桑杰扎布等几个充满正义感的草原孩子，不甘忍受

[1] 2010年，张锦贻的著作《改革开放30年的中国少数民族儿童文学》（少年儿童出版社，2008年）荣获第八届全国优秀儿童文学奖。

王公贵族的压迫，奋力反抗，奔赴延安学习提升自我，再返回家乡开展革命斗争，迎接民族解放的故事。韩静慧的《赛罕萨尔河边的女孩》讲述了草原女孩宝迪在传承家传擀毡技艺的过程中实现真正意义上的性别体认和主体生成的曲折历程，以宝迪为代表的内蒙古青少年身上既有老一代蒙古族民众的执着和坚韧，又有新时代赋予的创新意识和革新精神，小说既是对草原现有风貌的鲜活展现，又蕴含着对草原儿女未来发展的殷切期望。许廷旺的《黄羊角》以蒙古族少年巴杰的成长经历为线索，描述了他如何在养父乌日图毫无保留的父爱中逐渐平复幼年失去双亲的心灵创伤，在不良少年的蛊惑下一度迷失自我，最终在家传的“黄羊角”失而复得的过程中重拾爱与温情，用自信和勇气拥抱成长的心路历程。格日勒其木格·黑鹤的《我在草原上的牧羊犬》讲述的是温暖的草原故事，记录的是“我”与两只乳白色的蒙古牧羊犬相互陪伴、彼此守护的点滴，字里行间满是对于草原的眷恋与思念。总之，新中国成立以来，内蒙古儿童文学的很多作品或是以宏大的革命历史故事为题材，塑造出有勇有谋、不畏强暴的小英雄人物形象；或是以城乡融合发展为背景，刻画出在家庭与社会中突出重围、获得心灵成长的新时代少年；或是以草原遭遇生态危机为契机，展现出在人与自然共存共生中感悟成长奥妙、更深体会爱的蒙古族儿童。作为一种现代性书写，内蒙古儿童文学描摹出中华人民共和国成立至改革开放以来内蒙古地区少年儿童成长与民族、社会、国家发展之间的复杂关联，同时呈现了民族性与时代性交杂的复杂面向，以独具特色的儿童人物群像屹立于中国当代文坛。这些符合内蒙古历史与地域特色、富含民族风情的少年儿童人物，既有着这一年龄段特有的、符合儿童身心发展特征的可爱品格，更以憨实质朴的心灵风貌、勇猛刚毅的性格特质、勇于行动的探索精神，如同雏鹰驭风，在曲折神秘的故事天地中展翅翱翔。内蒙古的儿童文学，承载着开阔的北疆文化气息，以草原风景之优美、生命价值之壮美、逝去岁月之凄美、当下生活之丰美，为当代中国文坛贡献了一个个鲜活的“雏鹰”形象，并在新时期以动物小说呼应了文学创作中的生态观照，成为世界文坛的重要组成部分。

第一节　少年英雄的成长故事：杨啸与《鹰的传奇》三部曲

杨啸的《鹰的传奇》三部曲讲述了内蒙古草原民众如何在残暴的日军和狡诈的汉奸如蒙古王爷、国民党特派员以及部分唯利是图的牧民织就的天罗地网下与其斗智斗勇，团结一致坚持抗日的故事。作为一位1957年支边来到内蒙古的河北籍作家，杨啸自觉以如椽巨笔对内蒙古当地的革命历史进行诗意再现，塑造了以莫日根为代表的草原少年在严酷历史环境中自强不息并找到坚定信仰的人生经历和心路历程。杨啸曾经说过："内蒙古是我的第二故乡，我对蒙古族同胞有很深的感情。作为儿童文学作家，理应关注家乡蒙古族儿童的成长。为此，我多年来一直在努力，寻求各种途径，特别要用蒙古文翻译出版自己的作品，奉献给读者。内蒙古的文学、出版界的朋友们也给予了很多帮助和支持。关心儿童，关爱他们的成长，是我们共同的责任。”[1] 由这种信念出发，20世纪60年代以来，杨啸聚焦于儿童文学创作领域，并获得不俗的成绩，成为全国知名的儿童文学作家。1987年，《杨啸短篇小说选》作为内蒙古人民出版社“内蒙古当代文学丛书”之一隆重推出，集中展示了杨啸的创作成就。2001年，杨啸荣获内蒙古自治区党委和政府颁发的“文学创作索龙嘎奖·艺术创作萨日纳奖”杰出贡献奖。

杨啸的创作大致可以划分为三个时期。首先是“十七年”时期，这一时期是杨啸文学创作的起步阶段。他的儿童系列短篇小说集《小山子的故事》（1964年）曾获全国第二届儿童文学创作奖（1980年）和内蒙古自治区文学评奖一等奖（1981年）。长篇小说《红雨》（1973年）被翻译成英文、法文、德文、日文、朝鲜文、蒙古文、维吾尔文等多种文字，并由崔嵬执导拍成电影。

其次是改革开放新时期，这一时期的代表作是《鹰的传奇》三部曲，他的创作展现出内容和艺术的进一步拓展和深化。杨啸先是把这一题材写成儿童长篇叙事诗《草原上的鹰》，该诗于1965年由上海少年儿童出版社出版了第一部；1973年，又由内蒙古人民出版社出版了第一部、第二部、第三部合订本。他有感于诗的形式不足以表达他的创作意图，1978年着手进行《鹰的传奇》小说三部曲的创作。“三部曲”于1984年至1986年由湖北少年儿童出版社出版，

[1] 许玉宏．内蒙古儿童文学之河中的常青树［J］．内蒙古教育·职教版，2011：（7）．

还被翻译成蒙古文由内蒙古人民出版社出版。《中国当代儿童文学史》称："杨啸的《鹰的传奇》三部曲开启了儿童'长篇系列小说'的先河；并以浓厚的草原生活气息、传奇的故事情节、鲜明生动的人物形象受到读者欢迎。"[1] 根据该书蒙古文版改编的2000余幅连环画，也在蒙古文儿童文学半月刊《花蕾》上连载。《鹰的传奇》第一部一问世便荣获自治区首届索龙嘎文学奖一等奖；"三部曲"荣获第二届索龙嘎文学奖一等奖，1993年荣获宋庆龄儿童文学奖。

在《鹰的传奇》三部曲[2] 中，草原上道布钦王爷府的一名小奴隶莫日根在严酷的生存环境中养成了坚忍的品格，成长为机警、勇敢、执着的抗日队伍中的一员，同时蜕变为具有坚定共产主义信仰的有志青年。在第一部《觉醒的草原》中，莫日根在秘密反抗王爷府欺压百姓的行为时，遭遇了父亲青格尔被杀的沉重打击，他愤怒地冲进王府刺杀王爷，却因寡不敌众，被王府抓进了大牢。靠着聪明机智，莫日根与地下党员——老医生张老义合作逃出。路上，张老义为了保护莫日根而不幸牺牲，莫日根带着张老义爷爷的嘱托，历经千辛万苦终于与地下党员接上了头。莫日根配合两位游击队员

[1] 蒋风. 中国当代儿童文学史［M］. 石家庄：河北少年儿童出版社，1991：65.

[2] 下文所引小说原文参见杨啸：《觉醒的草原》，湖北少年儿童出版社1983年版和1986年版；杨啸：《深情的山峦》，湖北少年儿童出版社1986年版，下文不再重复标注。

叔叔布日固德和其木德，成功铲除了害死自己父亲和张老义爷爷等很多人的叛徒吉尔格郎。莫日根还通过巧扮王府管家“红眼狗”的儿子，哄骗对方开门，协助阿拉坦巴根队长和其他队员一起冲进王府。面对冲天的革命巨浪，老王爷道布钦畏罪自杀。同时，游击队员也趁势消灭了驻扎乌兰塔的全部日本军队，取得了当地草原抗日战争的阶段性胜利。莫日根在“破茧成蝶”的过程中，也与同为奴隶的少年萨仁高娃、桑杰扎布结下了深厚的友谊。

在第二部《深情的山峦》中，莫日根和桑杰扎布作为抗日游击队伍里的小队员，跟随各位“爷爷”“叔叔”“哥哥”们一起抗击乌兰山上残存的日本军队。两个少年接到了去延安学习的任务，在去往延安的路上，他们与接头人失散，只好装扮成乞丐，互相搭伴踏上朝圣之旅。中途，桑杰扎布生病，莫日根进城买药却被小王爷陶克陶抓住。被严刑逼问后依然不屈不挠而惨遭枪击的莫日根死里逃生，被好心的大爷、大妈救下并逃离当地。另一边，桑杰扎布与莫日根走散后，被两个人之前救过的女孩翠英救下。莫日根历尽千辛万苦，终于到达陕北根据地，却不料在这里也遇到了同样辗转到此的桑杰扎布和翠英。三个小伙伴快乐地开始了“窑洞”里的新的学习生活。

在第三部《愤怒的旋风》中，故事从1946年解放战争开始，莫日根学习两年之后，从延安回到草原，桑杰扎布则留在了西北战场。莫日根一回到家乡，就遇到了桑杰扎布的爷爷那顺，得知萨仁高娃为了探听消息，主动去王府当了福晋奥登的贴身丫鬟。小王爷陶克陶被国民党政府授予了少将师长的职位，还带回来一位南京特派员戴琼，这位妖艳的摩登女郎的到来，招来了福晋奥登的妒恨。莫日根和家乡的同志接头时发现对方竟是萨仁高娃，俩人叙旧之余，感情得到了进一步的升华。萨仁高娃无意中从陶克陶处探听到了他们要抓兵的消息，委托自己的母亲将消息传递给了莫日根等人。莫日根等经过商量后，决定以卧底的方式主动加入王府的征兵队伍，之后带着王府的马匹和武器成功出逃，成立了一支草原人民的新的骑兵队伍，取名为乌兰山骑兵支队，莫日根担任队长兼政委。那顺爷爷为了给支队筹粮下山，却被敌人抓住，莫日根与萨仁高娃合作，通过被夜色掩护的马匹队伍将那顺爷爷偷偷救了出来。萨仁高娃探听到陶克陶为了当上盟长杀死自己老丈人的事，便将这个秘密透露给福晋奥登，奥登联合自己的哥哥为父报仇，杀死了陶克陶。骑兵支队直入王府，将其一网打尽。在故事的结尾，以莫日根为首的骑兵支队整装待发，准备开赴解放战争的前线战场。

正像杨啸在三部曲卷首的自序诗中所说：

这是一支苦难的歌，
又是一支反抗的歌。
这里有善与恶的争斗，
又有着人与妖的拼搏。

这是一支血泪的歌，

又是一支战斗的歌。
这里有失去亲人的悲伤，
又有着战胜敌人的欢乐……

这首自序诗也是对主角莫日根生平的最好概括，莫日根无疑是三部曲中塑造最为突出的少年英雄形象。他的双亲先后死于王爷和日军之手，他自己在身受酷刑之余坚贞不屈，并追随进步的家乡人民一起投入抗日游击队伍，成长为一位智勇双全的青年共产党员。第一部《觉醒的草原》中，莫日根还有着很多孩童化的幼稚举动，比如他用羊羔冒充狍子肉去孝敬那顺爷爷，在深山密林里寻找游击队时与枣红马、小松鼠和花喜鹊对话，他还用心爱的小狗换到小少爷的盒子枪，虽然极为不舍，但也做到了忍痛割爱。莫日根从一个敢于只身闯王府为父报仇的鲁莽孩童，变为学会用计谋来让王府大门自动敞开的机智少年。第二部《深情的山峦》中，莫日根在延安得到了身心的双重历练，进一步确认了自己的共产主义信仰。第三部《愤怒的旋风》中，莫日根已经成长为当地草原远近闻名的人物。就像故事中所说："莫日根进王府刺王爷、莫日根和张老义从王府越狱、莫日根用计打开王府大门等一连串的故事，在草原上广泛流传，赛罕塔拉草原上的人，是很少有人不知道莫日根这名字的。"杨啸塑造的草原少年英雄的成长过程，正是为了记录新中国成立后从延安走出来的内蒙古进步青年成长为革命战士的奋斗历程。杨啸曾经对好朋友浩然说过："我有一个愿望，要用自己的笔，描绘内蒙古草原上如诗如画、别具一格的旖旎风光，记录草原上各族人民如火如荼的革命斗争历史，为草原上的英雄豪杰铸碑塑像，为草原上那些勇敢的少年们树碑立传，让世世代代的草原孩子赞美他们、学习他们。”[1]虽然目的是聚焦特定历史时期特定人群的人生历程，但杨啸笔下的文学形象很大程度上实现了人物个性与共性的完美结合。莫日根身上既有着与其他少数民族少年相通的品质，如充满天真、勇于冒险等；同时也拥有蒙古族少年所常有的个性特征，如慷慨勇猛、忠厚善良等。莫日根身上蕴含着杨啸对内蒙古革命干部青少年时期成长经历的想象和再造。

《鹰的传奇》三部曲不但有着儿童喜闻乐见的曲折历险故事，而且在行文中大量使用了符合儿童接受心理的比喻、拟人等修辞手法。例如，王府的管家被称为“红眼狗”，陶克陶派出抓兵的走狗被称为“干豌豆”，这些负面人物的脸谱化形象有利于激起儿童的厌恶心理，有效增加生活实感和故事趣味。正像杨啸自己所说：“在创作儿童文学作品时，作家应该用儿童的眼光去看待事物，用儿童的思维去思考事物。当你写这个人物的时候，你就应该进入他的世界和内心的状态。”[2]正是出于对儿童心灵的主动和深入的把握，杨啸才能创作出一部部深受儿童喜爱的优秀作品。

---

[1]　布仁巴雅尔，马宝山．杨啸：内蒙古儿童文学的领头雁[N]．文艺报，2020-12-4．

[2]　崔荣．内蒙古作家访谈录［M］．呼和浩特：内蒙古人民出版社，2020：55．

《鹰的传奇》三部曲中穿插着大量民歌歌词，这些民歌不仅包含草原上的说唱曲目，也有陕北民歌信天游，有助于抒发人物心理的即时感受，并起到舒缓叙事节奏的效果，客观上接续了《诗经》文学传统的“兴”的人物表现手法。而且，共同的对于音乐的爱好也使得蒙古族与汉族民众心灵相通，他们共同用群众最喜闻乐见的方式表达着对共产党抗日游击队的由衷赞美。莫日根听到陕北的歌曲后，由衷感叹：“我们辽阔的草原上，是个歌儿的大海洋！看来呀，这里的歌，也跟草原上差不多！嗨，说是差不多，可又差得多：草原上，唱的都是苦难的歌，悲哀的歌，伤心的歌，血泪的歌；这里呢，唱的却是喜悦的歌，欢乐的歌，幸福的歌，甜蜜的歌……啊！这就是解放了的土地！啊！这就是翻了身的人民！”作者通过对照鲜明的歌曲内容传达了自己对新社会的欢迎与期盼，迎合了当时流行的“翻身文学”这一主题，即由《白毛女》发端的“旧社会把人变成鬼，新社会把鬼变成人”的叙事模式。

从20世纪80年代开始，杨啸的创作由儿童小说转向了“诗体幽默寓言故事”。《幽默寓言故事精选》（1997年）获首届中国寓言文学评奖一等奖。2003年，湖南少年儿童出版社同时出版了《幽默寓言故事》和《谜语寓言故事》两本书，其中前者获中国第二届寓言文学评奖一等奖。2015年，《儿童文学》“名家汇”丛书出版了杨啸的《狐狸和宝镜》，选登了杨啸的代表作和成名作166首寓言诗。该书印刷精良，配图精美，书中的寓言诗都以诗歌的形式讲述了一个个道理。主人公大多是生活中常见的动物，也有花木山石、生活用具等。形式是一韵到底的诗歌，四行一段，每行字数不等，一般为四到十段。这些诗歌按有代表性的寓言主题划分为五类。第一类是骄傲自大和故步自封并不可取，虚心学习才能永葆胜利：毛驴刚愎自用，最后办学失败（《毛驴办学》）；骏马向第二名骡子和第三名驴子虚心学习，所以永保赛跑第一名（《骏马骡子和毛驴》）。第二类是不要听信不存好心的狡猾的坏人的甜言蜜语，否则会后悔莫及：狐狸靠谎言吃掉了山羊的孩子（《狐狸和山羊》）；黄鼠狼出家当喇嘛，以收徒为名吃掉了母鸡和鹌鹑的孩子（《黄鼠狼出家》）；大树被寄生藤蛊惑后被吸光了所有养分（《大树和寄生藤》）；毛驴被猴子欺骗白白奔波八天九夜，面对猴子嘲笑毛驴怒称此程学会辨明朋友（《猴子和毛驴》）。第三类是外表并不重要，内在品质的高洁才能赢得尊重：貌不惊人的凤凰鸟勇扑大火后在涅槃的火光中重生并当上百鸟之王（《凤凰鸟王的来历》）；蜣螂肮脏但有益，蝴蝶美丽不实用（《蝴蝶和蜣螂》）；花蝴蝶在选美大会上当众嘲笑毛毛虫，被蜻蜓揭秘是同一物种（《花蝴蝶和毛毛虫》）；牡丹花趾高气扬最后化为泥土，无花果默默孕育结出丰硕果实（《牡丹花和无花果》）；秃扫把面对垃圾的嘲笑仍坚持自己的志向（《扫把和垃圾》）。第四类是粗心大意，拿起芝麻丢了西瓜永远不能成大事：白兔贪玩至今没能盖起房子，只能住在野外（《白兔盖新房》）；喜鹊永远这山还望那山高，一直没有巢（《喜鹊筑巢》）；猴子翻来覆去改主意，对岸果实落光了都没能吃到（《猴子架桥》）。第五类是懒惰不学习，不坚持没恒心，难以成大事：乌鸦半途而废懒得练习，没能成为歌唱家（《乌鸦取经》）；苍鹭俗名“老等”，不主动抓鱼饿得半死（《苍鹭和鱼鹰》）；鸵鸟教会孩子勤于跑步才能避免这唯一的生存能力退化（《鸵鸟教子》）；小鲤鱼劈波斩浪成功跳龙门（《跳龙门的鲤鱼》）。其他还有人类与自然要和谐相处、机智方能以弱胜强、贪心不足自取灭亡等主题。杨啸的寓言诗不但寓意丰富、意味深长，而且形式精美、朗朗上口。比如书中最后一首《老猴、小猴和大象》讲了老猴子身体虚弱够不到枣，小猴子轻松上树扔吃剩的枣核嘲笑老猴，这时大象经过，训斥了小猴，并用长鼻子卷下很多枣给老猴享用，小猴终于认识到了自己的错误。这首诗用生动的故事教会小朋友要学会携老扶弱和孝敬老人的道理。杨啸的寓言诗内容生动，形象鲜明，形式整饬，深入浅出，往往让孩子们在轻松的阅读体验中自然领悟生活哲理。

通观杨啸的文学创作，可以看出他是一位精心捕捉儿童心理，不懈锤炼迎合儿童接受习惯的语言文字，并以儿童文学来反映内蒙古地区宏大历史命题的儿童文学作家。尤其是他的小说，“几十年来，杨啸始终严肃、认真而执着地鉴别着生活中的善恶与美丑、正误与是非，择取那些美好的、正能量的、经得起历史检验的人和事为其创作题材。从情感层面上，杨啸的小说广泛涉及现实生活的方方面面，它们既没有哀婉的调子，没有晦暗的色彩，也没有离奇的故事，都是真挚而昂扬的新生活赞歌”[1]。杨啸的小说叙事结构清晰，语言简练生动，常在开阔的历史背景和紧张的对立环境中将人物进行成长历程的全景式展现。他在叙事诗、寓言诗与小说等几种文体之间自由游走的写作能力，使得他的小说也常常在曲折动人的故事情节之中，穿插人物抒怀的大段歌曲，充满了抒情气息和诗性气质。

[1]　托娅，阿茹汉．内蒙古自治区小说史［M］．呼和浩特：内蒙古大学出版社，2014：79．

第二节　民族技艺的传承：韩静慧与《赛罕萨尔河边的女孩》

为深入贯彻落实习近平总书记全国文艺工作座谈会重要讲话精神和《中共中央关于繁荣发展社会主义文艺的意见》，着力推出更多体现时代精神、北京特色和首都水准的文艺精品力作，北京出版集团于2016年集中推出了由叶梅主编的“金骏马民族儿童文学精品”丛书，中国文联和作协主席铁凝、作协副主席吉狄马加写序推荐，选取了55位少数民族的年轻作家来主笔讲述各具地域特色的故事，全景式展现了当下少数民族少年儿童生活。其中，蒙古族作品由韩静慧写作，即《赛罕萨尔河边的女孩》。

韩静慧的《赛罕萨尔河边的女孩》[1]讲述了内蒙古草原上赛罕萨尔河边的蒙古族小女孩宝迪克服重重困难成长为蒙古族民众擀毡

[1]　以下所引小说原文均参见韩静慧：《赛罕萨尔河边的女孩》，北京少年儿童出版社2016年版，下文不再重复标注。

手艺优秀传承者的故事，小说还被改编成电影《毡匠和他的女儿》（方军亮执导，2018年）。小说一开始就以活泼的笔调向读者铺垫了整个故事的基调，并以一句“与这条慢吞吞的小河形成鲜明对比的，是女孩宝迪”自然过渡，使小主人公宝迪从一处风景优美的内蒙古大草原款款向读者走来。

故事从宝迪哥哥嘎鲁高考失败讲起，正当宝迪的阿爸满心以为儿子终于可以继承自家的擀毡事业时，嘎鲁却前往北京干起了快递事业，这使得阿爸暴跳如雷却也无可奈何。孝顺的宝迪为了安慰阿爸，主动提出继承擀毡事业，却被重男轻女的阿爸泼了一瓢冷水。无奈之下，宝迪只好求助于阿爸很敬重的潮尔齐爷爷，但爷爷提出他自己对擀毡也只是一知半解。宝迪只好自学擀毡，却急躁且摸不到门道，一再失败，甚至阿爸还因为她浪费了羊毛而对她大打出手。阿妈看宝迪学艺之心很坚定，便开始教她入门。宝迪学得很快，不久就可以独立做出花样精美的毡垫子，这些毡垫子在同学间供不应求。阿爸终于开始接受宝迪的建议，并带她出去接一些复杂的活计，宝迪也如愿以偿地受到了阿爸毫无保留的悉心教导，进步神速。不久，哥哥嘎鲁回到家乡，阿爸杀羊庆祝，未料哥哥还是要继续从事快递业。正当阿爸愁眉苦脸时，哥哥和宝迪却开展起羊毛毡自己动手制作和网络营销的联合业务，阿爸看到自己的擀毡事业后继有人，终于放下心来。小说题目中的“赛罕萨尔河”也是一条故事的暗线，其来源是一位爱上擀毡匠的公主流下的眼泪，河名翻译为汉语是“美好的月亮河”，也正是因为听阿爸讲述了这个故事，宝迪更深刻地意识到擀毡业长久以来受到的行业歧视和延续的艰难，也更加坚定了她继承擀毡事业的决心。

小说以儿童视角展现了内蒙古草原生活场域的民俗风情，为故事营造了蒙古族民众的生活实景。“按照蒙古族的习俗，在没有雨雪，又不出远门的日子里，每天早晨起来的第一件事情就是打开顶毡。顶毡没有打开，是不吉利的，那意味着这家有人去世了。”毡子对于蒙古族民众而言，不仅是生活中必需的遮风挡雨的工具，更寓意着人与人之间的亲密关系。作者以毡子为切入点，巧妙地展开了她对当下蒙古族民众过去生活的勾画和对未来生活的展望。

首先，毡子关联的是老一代内蒙古草原人的代表——宝迪的潮尔齐爷爷，他是当地的一位民间说唱艺人。新中国成立之前，他四海为家，在草原各地流浪说唱。新中国成立之后，他被认定为“民间艺人”，于是在宝迪家所在的草原定居下来，也成为宝迪一家最为信赖和尊敬的人。潮尔齐爷爷是草原人民心中中华优秀传统文化的化身。他喜欢翻看《周易》，但也教导宝迪不要将《周易》仅仅视作一本算卦的书，他说：“孩子，《周易》是咱们传统文化的经典，它是一本世间学问大全。爷爷读它，是想了解咱们传统文化的精粹，可不是为了占卜。再说，咱们蒙古族，靠的向来是自己的勤劳和诚信，用不着算命。”潮尔齐爷爷曾经也是一位擀毡子能手，给宝迪的爷爷打过下手，宝迪的父亲也对他的技艺信赖有加。

中年一代内蒙古草原人的代表是宝迪的阿爸，他从小喜欢跟在潮尔齐爷爷身边学习民间说唱，但潮尔齐爷爷害怕耽误他的前途，没有将说唱技艺传授给他。宝迪的阿爸是小说中拥有多样性格的立体人物，可以作为今日蒙古族民众的典型代表。作者并不是无限美化小说中的蒙古族民众，比如在向读者展示阿爸马头琴琴艺高超、擀毡技艺精湛和品行刚正不阿的同时，也毫不留情地批判了他重男轻女、总以粗暴方式解决两代问题和遇事爱喝闷酒的顽固性格。

小说最为巧妙的是以内蒙古草原上年轻一代的代表宝迪为典型，试图回答草原民众未来命运走向的重要命题。宝迪的性格在稳定中又有发展，刚开始时她凭着聪明劲儿入手很快，但常常又很急躁，所以在擀毡学艺途中常常受挫，但她并没放弃，成功入门，并以精湛的手艺赢得了周围人的喜爱和佩服。这样饱满和富有发展性的性格描写就形成了福斯特所说的“圆形性格”，给读者留下了深刻印象。小说也以发展的眼光展示了宝迪哥哥嘎鲁的人物形象和性格，他向往大城市，虽然最终选择回到家乡，却能用自己掌握的新技能来帮助父老乡亲改善生活并找到自己的人生定位。嘎鲁和宝迪的选择在小说结尾最终会合在一起，代表了作者对青年和少年蒙古族民众未来出路的美好期望。作为一部儿童文学作品，宝迪的经历也对当代少年儿童成长有着重要的启示意义。人，首先要有自己热爱的事物，并为之持之以恒地付出不懈的努力。宝迪身上最可贵的品质，就在于她对自己所钟爱的事业矢志不渝的坚持。最终，她的诚意打动了包括阿爸在内的所有人，也赢得了所有家人、老师、同学的认可和尊重。

宝迪的阿爸性格暴躁，潮尔齐爷爷却总是那么平缓安静。潮尔齐爷爷对民间说唱的传承和对《易经》的信奉，勾连起作者对中华优秀传统文化的珍视情怀。相对于宝迪阿爸在发展家族擀毡技艺时的无力和暴躁，以及宝迪阿妈对阿爸的唯命是从，宝迪和哥哥的从容与开放，则表现了作者对蒙古族文化明日前途的乐观态度。“对这类孩童形象的设计，饱含了作家殷切的期望。‘额吉’羸弱的身躯预示着游牧文明的衰败，孩子们无意识的传承又点燃了希望的火种，让民族文化的未来有了延续的可能。”[1] 当下境况的苍白必须从过去和未来寻找解决的路径，这体现了作者超越现实的浪漫主义态度。

除了以上以毡子串联起的内蒙古草原上三代人的日常言行和价值选择，更为难能可贵的是，小说以草原女孩宝迪为中心，细致地呈现了宝迪对亲情和爱情的细腻感受。小说中的心理描写细腻真实，尤其是对小女孩宝迪在成长过程中顽皮、机智的一面表现得非常到位。小说基本是以宝迪的视角来讲述整个故事，没有孤立地去展示儿童的心理特征，而是把这种展示融入宝迪对社会人生、成人世界的逐步认识之中。小说以宝迪为中心，渐次展现了宝迪身边几位熟识的亲人和朋友的鲜活性格，如阿爸性格极端，阿妈性格温和，潮尔齐爷爷看起来顽固守旧实则善良且有远见，同学巴根调皮不懂事……周围人的各式性格也衬托出了宝迪性格的可爱和可贵。

[1] 苗昱菲．新世纪蒙古族女作家汉文小说研究（2000—2017）[C]．2019年厦门大学硕士学位论文，第59页。

作为一部成长小说，宝迪对自己成长的领悟过程与对传统技艺的担当意识相辅相成，这体现了一个人对主观内心世界和外在社会环境的双向认知和探索。

宝迪对家族技艺传承的使命感也掺杂着她对自己女孩身份的体认和抗拒。“宝迪和其他女孩子一起远远地站在一边，羡慕地看着。这个仪式宝迪是不能参加的。因为村子里有个自古就传下来的风俗，女子不能在敖包前献供品。宝迪很讨厌这个规定，因为她也很想去敖包前献供品。”波伏娃在《第二性》中指出，家庭生活是女性的两性等级制度产生的发源地，家庭是女孩进行性别建构的第一现场。家庭中父亲作为父权制权威的人格象征，对女孩的成长有着重要的推动或阻碍的作用。故事中，宝迪和父亲的关系亦出于此。宝迪的阿爸是一个总是试图粗暴干涉儿女生活选择的传统型父亲，这一点从他阻止儿子去北京当快递员，后来为了让宝迪帮家里擀毡子，又试图让宝迪退学等情节可见。故事的开始，宝迪的阿爸不屑于让自己的女儿学习擀毡，他说：“丫头片子就是树上的鸟，早晚要飞的，学会了手艺也没用。”“儿子嘎鲁才是树干上长出来的树枝，而女儿宝迪不过就是树上的一粒果实，成熟之后还不知道被哪个家伙摘去吃了。”即使儿子不愿意学，宝迪的阿爸也看不上宝迪这个过分积极的传人，父亲重男轻女的态度深深刺痛了宝迪。当她发现不只是阿爸，连阿妈也向她隐瞒了哥哥在北京的下落的时候，她非常委屈地抱怨道：“阿爸嫌弃我是个女孩子，不教我擀毡子；阿妈也嫌弃我，家里的秘密都不让我知道……”

波伏娃提到，“两性的等级首先出现在家庭的体验中；她（女孩）逐渐明白，即使父亲的权威不是在日常生活中最明显地感觉到的，它也是至高无上的；由于它没有受到损害，就具有更多的光辉；即使事实上是母亲作为主妇掌管家事，她一般也能巧妙地突出父亲的意志；在重要时刻，她以他的名义，通过他，提出要求，进行补偿或者惩罚”[1]。家里所有成员对父亲权威的顺从使得女孩也自觉以父亲对自己的肯定作为成长的最大动力。“如果父亲对女儿表现出温柔，她会感到自己的生存得到极好的辩护；她拥有其他女孩难以获得的种种优秀品质；她感到心满意足，被奉若神明。她可能整个人生都带着怀念去追寻这种充实与宁静。”[2]女孩们往往通过父亲对自身的评价来衡量自己在家庭中的地位和合法性。

父亲作为一个重要的伦理角色，在家庭中拥有守护、管理家庭成员的权利，而女孩对父亲最初的认知，来自父亲一方所代表的权威。由于女孩幼时就能感受到父亲在家中的威望，因此，父亲的家庭分量建构了女孩对两性等级的最初认识，而他对女孩的态度，也决定了女孩对自身的评价。父亲的认可是女孩们肯定自我存在的重要因素，她们往往以寻求父亲的肯定作为自己人生存在的价值。在小说第七章“擀毡子还要流泪吗”中，在阿爸的百般不情愿之

[1] 西蒙娜·德·波伏娃. 第二性Ⅱ［M］. 郑克鲁译. 上海：上海译文出版社，2011：31.

[2] 西蒙娜·德·波伏娃. 第二性Ⅱ［M］. 郑克鲁译. 上海：上海译文出版社，2011：32.

下，宝迪跟阿爸正式开始学习擀毡技艺，但因为她的急于求成，她在擀毡子的第一步即弹羊毛环节就跌了大跟头。她将羊毛弄得一团乱的糟糕状况也激怒了本来就对她不满的阿爸，于是阿爸将她痛打一顿。这打乱了宝迪学习擀毡的步骤，也使得她对自己是否适合擀毡产生了深深的疑惑。潮尔齐爷爷与宝迪一家非亲非故，但胜似亲人。他对宝迪的温和的安慰和嘱托弥补了暴躁的父亲给她带来的伤害。在宝迪的成长中，潮尔齐爷爷和阿爸都扮演着父辈性质的引领人生道路的角色，阿爸的严厉批评和爷爷的和蔼抚慰互为补充，共同推动着宝迪对自我成长过程的领悟。潮尔齐爷爷提醒宝迪不能心急的同时，也提到了擀毡行业对于草原男人的特殊意义。“过去，在咱们贡格尔草原，擀毡子匠的地位是很低的。这片草原上的蒙古族男人认为真正的男人就应该骑着烈马在草原上驰骋放牧，而擀毡子就应该是女人的活计，甚至到现在还有人会这样想，所以你阿爸没少受歧视，可是你阿爸从来不把这些放在心上，他踏踏实实地做人，一步一步地改良着你爷爷和祖辈传下来的传统手艺，毡子做得越来越好，种类也越来越多。”宝迪听到爷爷的话，也突然明白了巴根那天的话的意思：“擀毡子就应该是女人干的活儿。我阿爸说你阿爸和女人一样。”擀毡子技艺在草原民众的眼中如同女人做的活计，这与宝迪对自身女孩身份的体认相互重合，也就是在这一刻，宝迪从内心深处真正理解了阿爸对擀毡技艺的坚持和珍视，这也为她后来真正掌握这一技艺奠定了良好的基础。

在这部小说中，擀毡技艺在蒙古族民众生活中的边缘地位与女性在男权体制下的卑微属性形成了同构式对应关系。在过去的很长一段时间内，很多蒙古族妇女依旧生活在男性的暴力统治之下。男性通常通过暴力手段来强化自己的权威，一些蒙古族女作家的作品中有多处描写到性别暴力的情节，多兰（《静静的艾敏河》）、吉雅（《吉雅一家与欢喜佛》）、小雨（《走出蒙古王府的女人们》）等女性人物都曾遭到打骂。宝迪作为蒙古族女性的一个代表，她在父权秩序中的勇敢反抗代表了韩静慧对蒙古族女性由来已久的悲剧命运的关注和反思。

在宝迪成长并树立女性主体意识的过程中，她的爱情也在懵懂中悄然萌芽。小说以富有童趣的笔触表现了宝迪和同桌巴根之间"不打不相识"的亲密关系，如巴根帮宝迪照顾潮尔齐爷爷时搞了恶作剧，害得爷爷生病，宝迪一气之下不理巴根，并在桌上画了"三八线"表示划清界限，"巴根给宝迪写了一个纸条，上面写着'你就那么讨厌我？我真那么坏吗？'宝迪也给他回了一条：'猪和羊儿不同食，狼和兔子不同窝。'这回巴根从狗又变成了猪和狼……呜呜……"祭敖包的时候，宝迪给巴根送了一个香包，其他小孩子便打趣说这是媳妇才会做的事，巴根也很乐意地承认了，没想到此举招致宝迪的激烈反对，这个情节展现了情窦初开的少年情怀。

小说的语言活泼生动，小女孩的口吻叙事使得整个故事既新鲜有趣又真实可感，也可以让小读者更近地走进人物内心。这样的语言让人忍俊不禁的同时，也易于引起儿童和有同样经历的成人的共鸣。张锦贻指出："儿童文学的民族特点与地域特色、时代特征相辉映、相融合，三者不可分离，相得益彰。"[1] 韩静慧有意在小说中建构起一个富含地域特色和生活气息的全息图景，如像宝迪阿爸这样的蒙古族男人常常拉马头琴来排遣忧伤，但也常以醉酒来逃避现实；还有宝迪一家在擀毡时常以唱歌来使劳动的过程更加愉快，如宝迪向妈妈学来的小曲，十分优美动听：

天蓝蓝
地蓝蓝
我和哥哥擀花毡
烟囱眼
冒上天
我和哥哥坐花毡……

还有剪羊毛之歌：

天上红太阳
地下火光光
热得小狗吐舌头

[1] 张锦贻. 中国少数民族儿童文学［M］. 呼和浩特：内蒙古人民出版社，2018：9.

烤得小牛懒洋洋
我给小羊脱衣裳
乐得小羊挠痒痒
哎嗨赛拜努
我给小羊脱衣裳
乐得小羊挠痒痒……

书中也有具体的擀毡的操作步骤，在擀毡之前就至少要有三道工序：养好种羊、剪羊毛、抽毛毛等，开始擀毡又有洗毛、弹毛、铺毛、喷水、喷油、铺毛、卷毡、捆毡帘、擀帘子、解帘子压边、整形、晒毡等繁复的工序。韩静慧钟情于挖掘和展露本民族的民间文化，并将其刻意穿插于故事线索的讲述过程中，为我们再现了一个细腻而生动的内蒙古当代草原民众的生活世界。

总之，“韩静慧在她的作品中以一种鲜明的女性意识来叙写故事，运用更加全面的女性视角，塑造出具有‘主体性’的女性形象，又将这种对女性气质的思考放置在民族历史文化的背景下进行，在对民族传统的继承中，表达出对两性特质的认识和两性和谐相处的理想”[1]。韩静慧的小说擅长从少女的生活、情感和经验出发，来展现当代内蒙古草原上传统与现代碰撞、更迭的时代风貌。

[1] 王敏．新时期蒙古族儿童小说汉语创作研究［M］．上海：光明日报出版社，2017：125—126.

女性弱于男性的不平等的性别结构模式，对应着传统与现代的不平衡状态。韩静慧善于塑造鲜活的女性形象，用曲折励志的人物故事将古老的民族传统技艺和美德的传承与女孩的性别认同巧妙地结合在一起，她的几部小说如《赛罕萨尔河边的女孩》《额吉的荞麦地》[1]《锔盆女孩》[2] 等都是类似的主题。在当代内蒙古青少年，尤其是女性人物如何在族别与性别的双重边缘处境中寻找自我出路的可行路径方面，即找到并确立自我的主体性，摆脱性别话语与民族寓言的双重遮蔽，韩静慧的小说无疑作出了文学隐喻层面的重要示范。

---

[1] 韩静慧．额吉的荞麦地［M］．北京：团结出版社，2017.

[2] 韩静慧．锔盆女孩［M］．天津：新蕾出版社，2018.

第三节 辽阔草原上的爱与蜕变：许廷旺与《黄羊角》

许廷旺的《黄羊角》[1] 曾于2018年荣获由广西出版传媒集团主办、接力出版社承办的首届“接力杯”曹文轩儿童小说奖银奖，小说以孤儿巴杰与其养父乌日图的相处经历为线索，谱写了一曲内蒙古当代草原上的人伦赞歌。六岁的巴杰在父亲呼斯楞得病奄奄一息之际，被父亲连同一对宝贵的黄羊角，托付给了呼斯楞的朋友乌日图。从此，巴杰和乌日图、老牧羊犬生活在一起。呼斯楞的黄羊角让乌日图联想起十年前的一幕。当时，乌日图出于无奈必须找到黄羊角，他只好请来呼斯楞帮忙，但是呼斯楞是一个唯利是图的猎人，为了得到黄羊角可谓不择手段，乌日图却打心眼里不愿意破坏黄羊自由的生活状态。最终，黄羊还是由于大意落入了陷阱，乌日

[1] 以下所引小说原文均参见许廷旺：《黄羊角》，接力出版社2018年版，下文不再重复标注。

图被逃出生天的黄羊撞到失去意识之际，呼斯楞出手杀死了黄羊，夺得黄羊角。巴杰和乌日图生活在一起之后感到无法适应，于是带着对呼斯楞沉沉的思念出走了。正当巴杰遇到野狼身处险境的时候，乘着勒勒车的老额吉刚好路过，驱赶拉车的大牛赶走了野狼。好心的老额吉将巴杰送回了乌日图家里，在她看来，乌日图与呼斯楞之前因黄羊角结仇，本来应该是最不可能接纳巴杰的人，然而，不计前嫌的拥有大义的乌日图，也许正是收养巴杰的最好人选。慢慢地，巴杰长大了。乌日图卖掉了十只羯羊，为巴杰买了小马，换了新衣，还将自己最珍视的银马鞍送给了巴杰。就这样，八岁的巴杰骑着马走进了苏木学校，开始上学。“巴杰有两种性格，一种性格留给了乌日图和老牧羊犬；一种性格留在学校，留给伙伴。”威严的乌日图使得巴杰每天早出晚归地逃离这个在他看来死气沉沉的蒙古包，但乌日图却毫不介意。面对学校的老师和同学，巴杰始终有意隐瞒自己的身世、自己与乌日图的关系，但这一切其实早就为朵兰老师、巴杰的好朋友满达知晓，大家也一致不去戳破巴杰的谎言。几年过去，巴杰长成了英俊的少年。暴风雪来临的一天，为了避免朵兰老师护送自己回家，巴杰执意一人冲入暴风雪中，却杳无音信。焦急的乌日图在朵兰老师的帮助下终于找到了巴杰，在看到巴杰的那一瞬间，他激动地晕倒了。巴杰结识了满达的表哥毛力都嘎，在不明真相之下，协助其偷走了一群牛。毛力都嘎欺骗巴杰说东窗事发，需要那对珍贵的黄羊角来对牛主人进行补偿。心烦意乱之际，巴杰偷走了家里的黄羊角，而乌日图默默看着眼前的这一切，并没有做出任何表示。找不到毛力都嘎的巴杰将黄羊角卖给了一位白发老人，毛力都嘎知道后大发雷霆，这时，警察出现，将毛力都嘎带走了。明白自己受骗的巴杰噩梦连连，但乌日图并没有责怪他，始终默默陪伴在巴杰身边。牛群的主人前来索债，乌日图卖掉了所有的羊群，巴杰也承担起责任，在放学时间做苦力来还债。毛力都嘎出狱后想继续纠缠巴杰，索要黄羊角，却被巴杰痛揍一顿。乌日图染上了严重的肺病，已然时日无多，巴杰一边照顾他，一边继续苦寻黄羊角。意外地，巴杰遇到旗里来的老医生，发现他就是当年买走黄羊角的那个老人。原来，这位老人是乌日图的旧相识，他一拿到黄羊角就将其归还给了乌日图，乌日图早就知道巴杰偷走了黄羊角！知道这一切的巴杰终于彻底领悟了乌日图对他毫无保留的爱。在小说结尾，乌日图走到了人生的终点，巴杰也带着大家的关爱继续成长，这一年，他十八岁。

《黄羊角》延续了成长小说的诸多叙事元素。学者芮渝萍通过研究美国成长小说的状貌，提出了成长小说的原型为诱惑—出走—考验—迷茫—顿悟—失去天真—认识人生和自我，主人公在流浪的过程中可能会碰到他的引路人，或是帮助其成长，或是阻碍其成长。[1]《黄羊角》中的巴杰作为一个孤儿，无父无母，恍然中就被抛掷到了人世间，六岁的他，被动地要去适应和接受一个完全陌

[1] 芮渝萍．美国成长小说研究［M］．北京：中国社会科学出版社，2004：84．

生的冷冰冰的男人。而这个男人，也就是乌日图，对这个孩子的接受也充满阻碍，因为十年前的呼斯楞曾以卑鄙的方式从他手中夺走了宝贵的黄羊角，虽然现在呼斯楞为了让他接受巴杰而归还了黄羊角，但曾经的心结并不能瞬间烟消云散。于是，这一对养父子，在互相难以消除的隔膜中仓促地开始了家庭生活，这一状况也为巴杰长期以来对乌日图的故意冷落埋下了种子。巴杰对乌日图和朵兰老师的家长、老师们的关心的抗拒体现为三次逃离（出走）：第一次是他因为思念呼斯楞而出走，被路过的老额吉救下送回家中；第二次是他拒绝朵兰老师的关心而选择独自回家，结果差点儿在暴风雪中迷失方向；第三次是他对小混混毛力都噶友情的误认，导致他落入其精心设计的圈套而不自知。如果说前两次出走或逃离后转危为安的结果还没有使巴杰真正领悟早应珍视的亲情的话，最后一次巴杰酿成大祸后导致乌日图损失了全部财产以及珍贵的黄羊角，但乌日图依然选择无条件原谅，巴杰这才真正感受到了父爱。这样的悲剧性事件使得巴杰顿悟后真正长大，他勇于承担责任，通过勤工俭学来还债的行为也得到了周围人的一致赞扬。家人、老师、同学帮助巴杰成长，毛力都噶阻碍其成长，在正反合力中，巴杰的人格得到了锤炼，最终实现了自我蜕变。

父子关系是成长小说中的重要母题，“弑父”与成长成为一体两面式的相互依存的情节模式。正像余华所说：“儿子总是不断地学会如何更有效地去对付父亲，让父亲越来越感到自己无可奈何；让父亲意识到自己的胜利其实是短暂的，而失败才是持久的；儿子瓦解父亲惩罚的过程，其实也瓦解着父亲的权威。人生就像是战争，即便父子之间也同样如此。当儿子长大成人时，父子之战才有可能结束。不过另一场战争开始了，当上了父亲的儿子将会去品尝作为父亲的不断失败，而且是漫长的失败。”[1] 从这个意义上说，巴杰对乌日图的反叛过程，其实也恰恰是他对乌日图父爱的体认过程，“恨”也意味着“爱”。作为一部儿童文学性质的成长小说，许廷旺将促使主人公实现心灵质变的因素归结为——爱。草原上生活着的人们的无私宽容与大爱融化了巴杰幼年不幸带来的坚冰，而这一点，又最终落实于书中贯穿始终的重要意象“黄羊角”上。黄羊角来自乌日图和呼斯楞杀死的一对黄羊父子中的大羊。十年后，似乎是冥冥之中的报应，心狠手辣的呼斯楞病入膏肓，不舍地抛下尚在幼年的巴杰抱憾而终。失而复得的黄羊角最终使得巴杰确认了乌日图对自己的爱，也成为人与自然和谐共生关系的绝佳隐喻。

如果说《黄羊角》以朦胧的时代氛围隐喻了内蒙古草原上生活着的人们的精神气质的话，许廷旺的新作《小骑兵》（2022年）则塑造了一个新的草原少年形象——苏优格，他虽曾在外敌入侵的家园巨变中彷徨于亲情与友情、家仇与国恨的纠缠懵懂之中，但胸中的民族大义使得他最终在抗日战场上浴火重生。在苏优格身上，我们仿佛看到了王二小、雨来、海娃、小兵张嘎、潘冬子等身影，他们的英勇事迹至今仍激励着中华儿女的爱国热情。21世纪以来，

[1] 余华. 灵魂饭［M］. 海口：南海出版公司，2002：31.

中国儿童文学由青春校园、幻想冒险类等与当下日常生活有关的题材占据主导，革命历史题材一度沉寂。2009年，中华人民共和国成立60周年之际，儿童文学界掀起了一股强劲的爱国主义写作潮流，毛芦芦的“不一样的花季”战争三部曲和“战火中的童年”系列小说、安徽少年儿童出版社推出的“红色中国”书系、长江少年儿童出版社推出的“烽火燎原”原创少年小说、曹文轩的《火印》、史雷的《将军胡同》、薛涛的“少年满山”系列小说等作品相继涌现，致力于帮助青少年重温抗敌救国的光荣历史，无疑是对儿童文学革命历史创作传统的重新接续。时代的突变也激荡着草原孩童的稚嫩心灵，扎木苏（云照光《蒙古小八路》）、小巴特尔（哈斯巴拉《故事的乌塔》）、莫日根（杨啸《鹰的传奇》三部曲）等，都是中国共产党领导下抗日游击队少年骑兵中的典型代表。作为内蒙古儿童文学作家许廷旺的首部抗日题材小说，《小骑兵》犹如一把火种，再次点燃了中华民族少年儿童心中的爱国之光。20世纪30年代，日军铁蹄踏入内蒙古的科尔沁草原，觊觎着这片土地上丰富的矿藏和牲畜资源。苏优格和沃斯从小一起长大，感情深挚，他们的命运被一副失传已久的镶银马鞍捆绑在一起。这副马鞍由苏优格的祖上制造，由沃斯的祖上秘密收藏。沃斯的父亲宝格楚为日本人卖命，将镶银马鞍献给了日本宪兵队驻地最高指挥官井上清。苏优格的父亲巴根那不想为日本人做事，伺机逃走并加入了地下抗日骑兵队伍。井上清又抓来了苏优格继续制作马鞍，苏优格只好假意配合，不过他在宪兵队地下工作者老侯的帮助下，参与并推动了地下抗日队伍的一次次胜利。最后，日军节节败退，井上清落得日暮途穷的自尽境地，那一副珍贵的镶银马鞍也留在了中华大地，象征着草原上民族精神的永续流传。许廷旺的《小骑兵》延续了他一贯的长处，如叙事节奏的控制、民族元素的融合、动物主体的介入等方面，同时在人物设置、心理描写、风景映衬等方面都达到了一个新高度。一方面，他能立足内蒙古草原本土的历史和生活情境，将战争背景化，以“破解谜题”的方式推动少年在战火中寻找人生的答案；另一方面，他还大力提升了儿童文学的文化含量，站在人类命运共同体的高度，去探究跨越国籍和物种界限的文化图景及精神家园。骑兵虽“小”，却折射出宏大而富有包容性的爱国情怀之光。

除了儿童成长小说，许廷旺还擅长写人与动物题材的小说和动物小说。第一类以动物为主角的小说，多以内聚焦视角描写动物的内心感受，讲述出身于草根的底层主角靠着从草原汲取而来的粗粝、坚韧、执着的良好品质，在与利欲熏心的坏人进行一次次斗争的过程中，同时在善良的人们的帮助下，最终获得生命的质的飞跃的故事。许廷旺着意描写动物在自身的野性与家畜性、人类的恶意与善意之间迷茫徘徊，但最终被那些拥有美好品质的人类所感化，成为牧民帮手的曲折过程。他着力刻画了动物在这个过程中的挣扎与犹疑，以细腻的笔触描写了它们在成长过程中的心路历程。第二类以人类和动物共同为主角的小说，更多是以人类为主角，以外聚焦视角看待动物，讲述牧民男孩在其他善良牧民或忠实牧羊犬的帮助下，或是一开始以功利态度对待野生动物，发现自己的浅薄之后选择与野生动物和谐共处的故事；或是出于善意救下受伤的野生动物之后，与觊觎它们的大人斗智斗勇并促使大人改过自新的故事；或是与自己的坐骑共同面对家人和朋友的挑战，磨合之后共同迎来人生高峰的故事。人与动物在相互争夺生存空间的过程中逐渐由对立走向依存的构想，寄托了作者对草原和谐生态的美好期冀。不过，我们不能把许廷旺的动物小说简单理解为《动物世界》或《人与自然》的小说版，作者在试图再现自在自然和人化自然间复杂关系的同时，更对故事中的角色寄予了草原人民良好品质的美好想象。但许廷旺又不仅仅把这些动物故事写成人类经历的寓言，而是把自己对草原上动物生态的细致观察和深入思考转化为奇观与真实并存、浪漫与现实结合的曲折故事。

许廷旺的小说以叙事性见长，其难能可贵之处正在于聚焦于动物与动物之间、动物与人之间关于生与死、爱与恨的生命纠缠，跳出一般人类故事中钩心斗角、尔虞我诈的情节模式，在精心铺垫的场面与环境中展现力与力的正面对决，使许廷旺擅长的悬念营造手法得到淋漓尽致的发挥。由接踵而至的惊险场景衔接而成的小说，屡屡让人目不暇接、手不释卷。叙事的张力构成了许廷旺动物小说的另一大特点。南朝著名文论家刘勰早已发现作品中对立性文学要素的相辅相成可以使该作品充满辩证性的、富有张力的美感，他在《文心雕龙·隐秀》中说过：“隐也者，文外之重旨者也；秀也者，篇中之独拔者也。隐以复意为工，秀以卓绝为巧。”隐是内在、隐蔽的要素，秀是具体、外露的要素，两者相互配合，便能达到“旧章之懿绩，才情之嘉会”的成就。同样，在许廷旺的动物小说中，很多野生动物既有着本性上的向往自由，但又不时渴望着人类的关爱，这种相互矛盾的行为被表现得细致感人。许廷旺对于动物品性两面性的描写使动物的丰富内心得到了更全面的展示，也给予小说一种刚柔相济的微妙平衡感。

长期致力于动物小说写作的许廷旺，2023年又以《藏獒金狮》《牧羊犬惊雷》《猎犬追风》三部曲等力作亮相文坛，在延续以往写作功力的同时，以牧羊犬与其主人的恩怨纠葛，为生态文明的发展方式与未来走向增添了更为多样和深入的文学思考。作者选取的表现对象正是动物小说中的常见主角——狗/犬。在内蒙古草原上，它们常常是人类忠实的助手和伙伴，同时，出于远古记忆的召唤，与狼总是有着割不断的精神感应。作者笔下的猎犬或牧羊犬带有鲜明的北疆草原文化特色。牧户之间往往间隔数十公里，再加上狼群出没，羊群很难归拢，故而牧羊犬长期以来一直是牧民的得力干将。在漫长的岁月里，环境险恶、人烟稀少的草原使得牧民与牧羊犬之间养成了相濡以沫的情感。随着城镇化的推进、游牧生活方式的淡化和大量外来移民的涌入，牧羊犬对于牧民而言渐渐不再只是风雨同舟的伴侣，而更多成了盘中餐，或者是财富、地位和身份的象征。大量家狗和流浪狗的出现加剧了狗群之间的斗殴，一些人甚至以“赌狗”的方式为“斗狗”/“斗犬”推波助澜。在这一社会背景下，作者以自己最熟悉的内蒙古东部草原为空间，生动叙述了今日草原上的人犬纷争。作为大草原上自由精灵的象征之一——

牧羊犬，作者用它们和人类之间相爱相杀的亲疏羁绊，隐喻了自然和人类的对应关系。人与动物、人与自然不应只是单向度的索取和占有，而应在现实和灵魂的双向滋养中互相成全。在《藏獒金狮》中，小镇里自私、虚荣的金狮的原主人金表将金狮视为附属品，而居住在草原深处的巴彦老人、老额吉、男孩登马，则用无限的宽容和耐心包容了金狮一次次发作的兽欲，终于使金狮在草原上获得了心灵的宁静，成为一只合格的牧羊犬。《牧羊犬惊雷》中，惊雷被一心复仇的刀疤收养后，因被刀疤嫌弃过于懦弱而关入地窖，在不到一年的囚禁中，它的身材变得更为魁梧，可是表情贪婪，眼神可怕，浑身散发着血腥味。最终，在来自草原深处的爱犬少年扎木的感化下，它及时停下了残忍厮杀的脚步。《猎犬追风》中的蒙古细犬追风在草原上老额吉的悉心呵护下，成长为一只优秀的猎犬。因担心追风被不怀好意的卖狗人带走，老额吉将其交托于同样爱犬的哥萨克，哥萨克携其深入草原，在近一个月的逐狼活动中，追风历练出更为出色的猎杀本领，收获了作为猎犬的成就感。这三只牧羊犬成长的顺利与否牵动着人们对自然的冥想与反思，只有对自然和生命保持基本的敬畏之心，人才能引导动物养成善良坚毅的品格，与人和平共处。

现代的钢筋水泥并没有消泯人类对自然的不朽回眸。动物小说无疑是人类原始欲望和冲动的宣泄出口，蕴含着人类对古朴自然的永恒怀念和对原初自由的无限渴望。相对于已有的动物小说如杰克·伦敦的《野性的呼唤》、杨志军的《藏獒》、格日勒其木格·黑鹤的《黑焰》、沈石溪的《残狼灰满》……许廷旺笔下的动物小说借鼓荡人心的人与动物的爱恨叙事隐喻当下的生态忧思，宣扬了亲近自然、敬畏生命、尊重一切生命的共同体精神。在人类中心主义甚嚣尘上的当代世界，这样的动物故事的出现恰得其时，为时代奉上了有益的文学滋养。

作为一位出生并成长于内蒙古科尔沁草原的中青年作家，许廷旺童年时奔走于草甸与沙坨子之间，常年与各种野生和家养动物亲密接触，接触并收集了大量草原当地流传的民间故事和志怪传说，直到如今仍常常回到草原深处游历和采风。丰富鲜活的第一手资料和长期深入的生活体验，使得许廷旺驾轻就熟地写出了一系列富有地域特色、以内蒙古草原人为主角的传奇冒险故事。许廷旺以其对内蒙古草原动物的生动再现和草原人文的美好升华，激活了常年生活在钢筋水泥大城市中的大众对于异域空间的神奇体验，而充沛的叙事张力和深入的生态思索又使得读者对于作者精神世界的探索充满了兴趣和乐趣。

“儿童书懒读，果栗树将空。”在全国教育大会上，习近平总书记提出了“培养德智体美劳全面发展的社会主义建设者和接班人”的重要论断，将美育置于重要的地位。对祖国花蕾心灵的浸润与滋长，事关国家民族的未来，如何才能在当今网络游戏与短视频盛行的精神环境中突出重围，任重而道远。21世纪以来，文学界、出版界和教育界对面向儿童的阅读推广活动越来越重视，内蒙古儿童文学以突出的地域文化特色，成为全国精神文明建设中一道独特的风景线。新中国成立以来的内蒙古儿童文学，尤其为人与自然、人与人、人与自我的对峙挤压与和谐共处提供了多样的文学素材和艺术经验。“对儿童文学作家来说，大自然是一座富矿。走进自然，认识自然，培养和提高自身的生态道德意识，给孩子们呈现一个洋溢着生命激情的大自然，儿童文学大有可为。”[1] 对于充斥着钢筋水泥和商业气息的城市中的少年儿童来说，内蒙古的儿童文学作品正是提供了一个别样的文化窗口。这些充满了神奇意味的草原故事，不仅大大满足了孩子们的好奇心，也以内蒙古文学特有的苍茫诗意、淳朴人情和野性气息，拓展着他们初出茅庐的审美体验、认知视野和精神世界的广度与深度。我们有理由期待，内蒙古这片承载着中华多民族交往交流交融丰富历史的广阔土地，还会酝酿和诞生更多富有特色的儿童文学佳作。这些作品中的“雏鹰”们的倔强性格和无畏行为传递了古老游牧民族的不屈气概和挺拔信念，各民族儿童对这片土地的深深的爱将共同汇为中华民族源远流长、生生不息的民族精魂。

[1]　刘先平．自然都去哪儿了——繁荣儿童文学大家谈［N］．人民日报，2015：7—10．

第四节　生命因草原的陪伴而不同：格日勒其木格·黑鹤与《我在草原上的牧羊犬》

党的十八大以来，在习近平生态文明思想指引下，生态环境保护发生历史性、转折性、全局性变化，美丽中国建设迈出重大步伐，创造了举世瞩目的生态奇迹和绿色发展奇迹。2024年1月，《中共中央 国务院关于全面推进美丽中国建设的意见》发布，再一次强调，建设美丽中国是全面建设社会主义现代化国家的重要目标，是实现中华民族伟大复兴中国梦的重要内容。在推进生态文明建设过程中，产生了许多生动实践和感人故事，为生态文学提供源源不断的鲜活素材，生态文学创作空前活跃。不仅有深入现场的时代报告，如何建明的《那山，那水》、梁衡的《树梢上的中国》、叶梅的《福道》、刘醒龙的《上上长江》、沈念的《大湖消息》等作品，也有阿来的“山珍三部”（《三只虫草》《蘑菇圈》《河上柏影》）、迟子建的《候鸟的勇敢》以小说方式凝练对生态世界的思考，各类文学作品从不同角度记录绿色发展，绘就美丽中国新画卷，呈现人与自然的新关系，以文学方式生动诠释生态文明理念。

2002年，蒙古族作家格日勒其木格·黑鹤的短篇小说《饲狼》获得《儿童文学》杂志年度银奖，自此，他一直致力于生态文学创作，积极参与美丽书写之中，其作品中的自然景观的描摹、人与动物的表现、生态文化的回溯等，蕴含着关于生命观、自然观、文化观的思考。《黑焰》《黑狗哈拉诺亥》《血驹》《驯鹿六季》等作品接连获奖。近年来，格日勒其木格·黑鹤的创作中，不再以描摹人与自然的矛盾冲突、人与动物的隔膜为主，而是突出温情，找寻共存的可能，这体现了人与自然和谐共处的生态观。

格日勒其木格·黑鹤对于草原有着别样的情感，他曾回忆，草原上的冬天特别寒冷，而外公常常会将羊圈里最瘦弱的羊，作为礼物送给狼。面对一脸困惑的黑鹤，外公告诉他，狼也有孩子，狼外出捕食也很不容易，送羊给狼可以帮助它们挨过最艰难的时期，而得到游牧人帮助的狼也会感恩，它们一般不会主动袭击牧人和畜群，甚至还会选择去更远的旷野里狩猎。这样的经历令黑鹤永生难忘，他的生命因为有草原、有动物的陪伴而不同。他从小就意识到，这个世界不是人类所独享的，人类需要敬畏生命，需要学会与所有的生命共享自然。

因从小体弱多病，四岁时黑鹤被母亲送到了大草原。在大草原整整度过了四个春秋的黑鹤，不但获得了强健的身体，更形成了影响他一生的生命底色和价值观。而这一经历化为了他的动物小说《我在草原上的牧羊犬》。小说依旧表露出黑鹤对于草原的眷恋，对草原牧羊犬的感激与思念，更令人动容的是小说主人公“我”与两头乳白色蒙古牧羊犬相互陪伴、彼此守护的点滴，讲述了一个温暖的草原故事。

黑鹤笔下的生命是属于自然的。无论是草地上的牧羊犬、狼、牛、羊、蒙古马，还是森林中的狼獾、驯鹿、熊，它们都是最为本真的，属于个体的生命力量，它们不依附于人，与人平等地享有生存的权利，如同辽阔的草原、茂密的森林一般，有着属于自己的个性魅力。《我在草原上的牧羊犬》中，小男孩“我”的外婆家有一只骨架极大的黑色牧羊犬，曾经毫不费力地战胜了偷羊群的狼，并把战利品叼回家中，它在家中比“我”的“资历”老，只认外祖母是真正的主人，“我”在它的眼里，连一只羊都不如，它跟在“我”身后的时候，巨大的阴影让“我”感到自己是那么的渺小与微不足道，“我”仰望它。当“我”拥有自己的牧羊犬——查干和阿尔斯楞时，仿佛拥有的是整个世界，从那一瞬间开始，“我”的童年终于摆脱了孤独，三个生命便紧紧相连。在黑鹤的笔下，这两只乳白色的蒙古牧羊犬是柔软的，它们像两头白色的狮子，在附近方圆几十公里的草原牧场上，没有一只牧羊犬比它们更漂亮，除了夜晚睡觉的时间，它们与“我”形影不离。当然，整个夜晚，它们都会卧在门口守护“我”，早晨开门时，它们永远会兴高采烈地迎接“我”。作为陪伴者的它们也有着牧羊犬的强悍本性，它们是高大凶猛能够驱赶并且杀死狼的猛犬。在“我”草原游牧的第三年，一天夜里，有狼来偷袭羊群，“我”的两只狗就将这只狼咬死，它们合力低头扯起那只死狼，在“我”的面前炫耀它们的猎物。在黑鹤的动物小说序列中，他始终崇尚自然的生命观，在他笔下的动物从不以拟人化或神化的形象示人，它们是生态系统中的一员，是独特的存在。“我的写作源于对童年生活的回忆。我的草地，更多的就是我的记忆、内心中最温暖的一部分。”[1] 正因如此，这些生命不仅是向往自由的、无拘无束的，更满是温情。黑鹤用多年的时间走遍各地，寻找珍贵的蒙古牧羊犬，他精选拍摄的照片，编录了《蒙古牧羊犬：王者的血脉》一书，记录如同草原人一般坚韧、勇敢、不屈的牧羊犬，并在呼伦贝尔草原上盖了巨大的犬舍，用于挽救如同草原图腾般的牧羊犬。此外，黑鹤与鄂温克族人民结下了深厚友谊，他每年都会去大兴安岭，感受广袤与神秘的森林。黑鹤生长于草原，又是森林的儿子，他带着自己对于生命的感悟，书写着内蒙古草原与森林的故事。

人与自然和谐共生是黑鹤推崇的生态观。20世纪30年代生态学开始人文转向，由此分化出生态文化学、生态伦理学、生态文学，而生态观念是蕴含于人们对于生态问题的认识之中，并在人类—自然全球生态系统层次上进行哲学世界观的概括，能够用以指导人类认识和改造自然的基本思想。在生态文学之中，尤其是动物小说，这一类小说的写作对象、题材内容取自于自然，因而作品之中表现出的对自然生态问题的看法，就是作者本人生态观的映射。黑鹤在

[1] 陈洁．黑鹤：草原之子[N]．中华读书报，2011-3-23．

《驯鹿之国》谈及鄂温克族猎人时说，“一个真正的鄂温克猎人走进森林，并不是为了猎物，而是去看看自己的心罢了”[1]，黑鹤所赞颂的是鄂温克族猎人和自然、万物的情感和关系，肯定的是鄂温克族对自然的敬畏之情，可以看出作为草原之子的黑鹤是怀着对自然的敬畏以及人与自然和谐共处的观念进行文学创作的。

在《我在草原上的牧羊犬》之中，四岁的小男孩从城市来到草原，在孩子的眼中，草原就是他的幼儿园，人生早期的生活知识源于草原，“我”丝毫没有厌弃单一的草原生活，反而对这里的一切充满着好奇。在儿童的眼中草原是一切美好与美丽的代名词，如同查理的巧克力工厂一般，“我”在草原上捡拾这些“巧克力豆”，装满口袋，品尝着酥酥的、满是纤维的“巧克力豆”，当得知这“巧克力豆”是羊粪时，“我”丝毫没有露出怒色，而且认为自己不认得是理所应当的。欣喜过后等待“我”的是无边的孤独，“我”的孤独源于自己没有蒙古袍，不会讲蒙古语，没有朋友，孤独在这一刻被具象化——一个四岁的孩子站在无边草原上的背影。孤独的心本质上是归属感的落空，是一个孩子期待自己真正融入草原的期盼。牧羊犬的出现，与其说它们拯救了“我”的孤独，不如说是孩子与牧羊犬的双向奔赴，作为高大凶猛能够驱赶并且杀死狼的猛犬，它们不牧羊，而“我”就是它们的羊，它们是“我”的护卫犬，而“我”也是牧羊犬忠实的陪伴者。在那个温暖的草原黄

[1] 格日勒其木格·黑鹤．驯鹿之国［M］．济南：明天出版社，2016：40.

昏，“我”骑在马上抱着刚刚出生的查干，它将“我”的手指想象成乳头认真嘬弄，“我”精心养育它，查干只产过一窝小狗，小狗满月之后，“我”留下了最小的一只小公狗，留下它是因为它太弱小，“我”害怕别人养不好它，后来这只小狗也有了自己的名字——阿尔斯楞。“我”张牙舞爪的助威陪伴着阿尔斯楞战胜附近所有的牧羊犬。在“我”离开草原时，“我”很想带走它们，但在“我”的意识里，它们是“我”从小养大的狗，与人类没有任何差别。但对于草原外的人，它们过于庞大了，这两只来自草原深处富有荒野气息的牧羊犬在他们的眼中，是野兽，“我”终究没能把它们带回城里，“我”离开后，它们一次次地去火车站等待着“我”归来。不幸的事发生了：查干在去车站的路上被车撞伤，回到家中苦挨几日之后安静地死去，后来阿尔斯楞独自到车站等待“我”，不过三个月，也郁郁而终。而“我”的童年在得知“我”的牧羊犬死去消息的那一刻也便结束了。“我”以文字记录自己童年在草原上的那段时光，写下了“我”和“我”的狗的故事。彼时的故事虽然结束了，但“我”与它们、与草原的故事一直在继续。黑鹤对于生死有超然的、达观的态度，当然达观不是意味着对于生命的轻视，而是不仅关注个体的生命，更要立足整体生态系统的高度对所有生命群体的观照。在黑鹤看来，个体与个体之间最高级的形式不是友好，更不是对立，而是出自本心的和谐。

如何找寻草原的荣光是黑鹤一直思索的命题。那些具有鲜明地域特色的文学作品都散发着浓郁的生活气息，《我在草原上的牧羊犬》中的“我”终于穿上了自己的蒙古袍，这种古老的刺绣工艺制作的蒙古袍现在已经见不到了，“我”的腰上还挂着镶嵌着绿松石和红玛瑙的蒙古刀，“我”觉得十分自豪，“我”穿着新的蒙古袍参与了一个蒙古族男孩一生中最重要的仪式之一——上马仪式。蒙古族的男孩在四岁左右就要由舅舅扶上马背，完成上马仪式，这是蒙古族男孩一生中最为重要的时刻，从此意味着他就是草原上的孩子了。当时游牧人在草原上自如活动，只有骑马才是最好的方式。所以，蒙古族男孩必须得学会骑马，只有学会了骑马才拥有在草原上生活的资格。而这个四岁的“我”所完成的上马仪式，体现了黑鹤对于蒙古族文化的尊重。海德格尔在《荷尔德林与诗的本质》中评述德国诗人荷尔德林的诗句“人，功业卓著，但他却在大地上诗意的栖居”时，论述了“诗意的栖居”作为“存在”的特性。海德格尔认为，人“功业卓著”，便使人能够构建着生存与栖居的大厦，人生存与栖居的基础在根本上又是通过自身的努力而得的。“人生存的基础在根本上看是‘诗意的’。现在我们将诗理解为诸神的命名和事物的本质的命名。‘诗意栖居’意味着：与诸神共在，接近万物的本质。”[1] 在精神上的无家可归也许是贫乏时代的人最痛心的感受。黑鹤珍视传统民族文化所绽放的光辉，但他清醒地看到传统与现代的碰撞也在孕育危机，初入草原的“我”十分

[1] 蒋孔阳，朱立元．西方美学通史：第六卷［M］．上海：上海文艺出版社，1999：478．

孤独，“我”认为是由于自己没有蒙古袍，不会说蒙古语，而实际上是因为草原的孩子们太善良了，在草原上，男孩唯一的娱乐是打架，最喜欢的运动是摔跤，“我”刚去的时候身体太单薄，他们怕摔跤的时候“我”受伤，而当时他们以没有蒙古袍为理由是因为他们认为“我”的夹克衫太不结实，很容易被撕坏，好在这一误会得以解开，但传统与现代文明的协调不像是孩子的矛盾一般容易调和。黑鹤以出生于城市的小男孩的“离开—归来”的眼光巧妙地展现了这一矛盾，离开城市的“我”欣喜地接受草原的馈赠，回城的“我”面对的是陌生而艰难的生活，周围的孩子不相信“我”描述的草原生活。的确，最为古老的游牧生活离开现代人的视野范围太久了。小说结尾，“我”回到草原追寻的仅仅是早已消逝的牧羊犬吗？当然还有草原的荣光。

小男孩的生命因草原的陪伴而不同，黑鹤的作品也因饱含草原的深情而不同，他的作品如同回溯草原荣光的脚本，但回溯不是回归，更不是倒退，而是找到本心，找到人与自然命运与共、传统文明与现代文明和谐共生这一宏大命题的最优解。

第五章

北疆植绿壮志

北疆如何植绿，是当代中国作家尤其是内蒙古作家关注的。肖亦农在《毛乌素绿色传奇》中怀着浓烈的生态伦理意识，广泛钩沉历史，回顾乌审人民与毛乌素沙漠的斗争史，挖掘当地丰富的历史文化资源，重提“河套人”的自豪与荣耀。治沙人尊崇“敬天惜地，天人合一”，在新时代沿着“三北精神”继续开拓。作品关注诗歌中对“诗意的栖居”的人与环境的空间的追寻，展示了从生态到历史再到文学的全景式毛乌素发展新图景。艾平在《春风染绿红山下》以16个篇目展现了新时代赤峰农村开展脱贫攻坚的伟大事业，采用电影化叙述和交叉叙述推进故事，塑造了一批有知识、敢担当、能作为的驻村第一书记，同时作家对其中的女性力量给予充分关注。作品充满浓烈的苦难意识，但其具象出的新时代新机遇激发出的向上生长力量，也让读者深感震撼。而在海勒根那的《呼伦贝尔牧歌》中，返回如画风景的呼伦贝尔和重新找回爱人的骑手说出的是，生态改造和脱贫攻坚给牧区带来了充满幸福和希望的未来。因此所谓“植绿”，既包括在北疆的大地上，沙退草长、山清水秀的生态新变，当然也包括脱贫攻坚中，经由无数驻村书记的努力，让绿色的希望在渴望摆脱贫困的人们心底生长。北疆植绿壮志的文学书写中，既有不达目的绝不罢休的豪情，也有久久为功的韧性，反映着这片土地上久已存在的“蒙古马精神”，也反映着跨越半个多世纪历久弥新的“三北精神”。

第一节 从寸草不生到绿意盎然：肖亦农与《毛乌素绿色传奇》

美国作家蕾切尔·卡逊在《寂静的春天》一书中提出了一系列生态文明的理念，呼吁人们关注环境问题，不仅对当时的环保运动产生了推动作用，也为现代环境保护运动和当今的生态环境保护提供了重要的理论依据。《毛乌素绿色传奇》是一部记录毛乌素沙漠消失的历史巨变的长篇报告文学，“直击世界荒漠化治理的重大课题，探讨中国经济发展与生态建设的关系，反映中国防治荒漠化的进程”。作品关注到了被忽视的角落——毛乌素沙漠，并以独特的叙述方式，让更多的人了解到了这个地方的生态状况和人民的生活状态。它不仅关注到了生态问题，也关注到了人民群众的生活问题，使得报告文学更加具有人文关怀，更加注重生态环保，也更加具有社会意义。本文将从生态伦理意识与绿色毛乌素、民族文化自信与历史毛乌素以及通过写诗与诗意的栖居相遇的文学毛乌素展开论述。

毛乌素沙地位于今鄂尔多斯市乌审旗境内。7万年前的乌审地区，“温暖湿润，水草丰美，属于亚热带气候。在广袤的森林、草原里出没着数也数不清的扁角鹿、羚羊、披毛犀、纳玛古象、原始牛、野马、野驴以及虎豹豺狼等多种动物。天上地下，到处是欢跃的生命”[1]。商周时期，此地形成了许多原始部落，秦汉时期设郡，十六国时期为大夏国都城，直到唐代时已经是“茫茫沙漠广，渐远赫连城”。现在的毛乌素沙地处于鄂尔多斯高原南部，南接陕北黄土高原，地势整体上南高北低，平均海拔在1100—1300米。毛乌素沙漠处于干旱半干旱交界带和农牧业交错带，总体盛行西北风，沙区土地利用类型较复杂，植被和土壤反映出过渡性特点。

作者在《尾篇——想起了郭小川》中提到郭小川在其报告文学《英雄牧人篇》中写了“在茫茫沙漠中寻找绿色时的焦虑和不安，以及见到苍黄大漠中乌审召这块绿洲时的兴奋和喜悦”[2]，认为郭身上有浓厚的蒙古族情结，对毛乌素沙地的发展极其关注。其实，这也正是在鄂尔多斯高原生活了40多年后的作家本人的一场焦虑，《毛乌素绿色传奇》充满强烈的生态伦理意识，对过去沙逼人退的自然与贫穷落后的现实感到焦虑，同时对如今乌审合力探索走出的“以人为本，建设绿色乌审”模式倍感欣慰。作家初踏上这片土地时，感觉“毛乌素沙漠就像一个巨大的迷宫，不管你走出多远，只

[1] 肖亦农．毛乌素绿色传奇［M］．呼和浩特：远方出版社，2012：88.

[2] 肖亦农．毛乌素绿色传奇［M］．呼和浩特：远方出版社，2012：261.

要抬头，毛乌素沙漠就会赫然出现在你的眼前，就像在你头顶永远飘浮的一团云朵……”[1]“苍黄的沙漠是鄂尔多斯的底色”，无穷无尽的风沙覆盖良田，沙进人退，一年四季都是满目枯黄，风沙黑暴经常肆虐……在这样的“极限阈”空间里，几百年来鄂尔多斯摘不掉的穷帽子，人们世代贫穷：“出门一片黄沙梁，/一家几只黑山羊。/穿的烂皮袄，/住的柳笆林。”[2]隔壁县的姑娘嫁到乌审旗来，新家就在大沙漠中，“狭窄，潮湿，半地下的土窝窝”。新婚之夜，沙子疯狂拍打窗棂，像“无数的老鼠爪子一个劲地在门窗上抓挠”，望着漫天黄沙，她只能放声大哭。另一个农户媳妇没有换洗衣服而至于在陌生人突然推门时只能惊慌中拿起菜板遮挡，为做成一笔买鸡蛋的买卖只能急切地穿着湿漉漉的衣服追出门来。生产队队长穿着一条用化肥袋子改成的裤子，“尿素”的字样还很明显，一双露脚后跟的破解放鞋，皮袄也只是见人才穿的装备。另外，受到地理、地域、自然的影响，毛乌素沙地的人们思想闭塞（对于正式工的执念），高速发展的现代化也好像独独遗忘了这里。21世纪初，一位日本女作家来到毛乌素沙漠采访，在整个乌审旗都找不到一个带卫生间的标间。乌审农村路边的厕所的肮脏使她干呕，“这个东洋女人弯腰呕吐的一幕像烙铁一样烙在了我的脑海里，只要想起就心颤”[3]。

---

[1] 肖亦农．毛乌素绿色传奇［M］．呼和浩特：远方出版社，2012：13.

[2] 肖亦农．毛乌素绿色传奇［M］．呼和浩特：远方出版社，2012：15.

[3] 肖亦农．毛乌素绿色传奇［M］．呼和浩特：远方出版社，2012：5.

尽管毛乌素沙地处于干旱半干旱区域，降水稀少，但是深层地下水和浅层地下水资源丰富，沙地所在的鄂尔多斯盆地是一个巨型地下水盆地，沙地湖泊众多。聪慧坚强的乌审人充分利用自然地理优势，开始了半个多世纪的“斗沙”史。18岁的宝日勒岱受到国家“绿化祖国”这一号召的鼓舞，“胸中就像揣着一团火”一样热情地投入建设家乡毛乌素沙漠的壮丽事业中。为了固沙，她移植沙柳、沙蒿，在高高的沙梁上为沙漠涂抹绿色，她开心地放声歌唱。可是，没过几天沙蒿就被刮走，成了干柴火。在她眼里，“毛乌素沙漠就是一个不服管束的小马驹或者是一个爱捣蛋的顽童”[1]，于是她及时调整策略，将沙蒿从沙梁顶改种到沙梁脚下，与眼前的大沙漠对峙了整整10年，发扬着新时期的愚公精神。在治沙实践中，乌审旗人民总结出“乔灌草结合”“穿靴戴帽”“前挡后拉”“草库伦”等治沙方式，并在全国乃至世界范围内引起关注，被誉为“牧区大寨”。“治沙人”，宝日勒岱认为这是她一生的身份，尽管之后当了旗里的书记、自治区的书记。“毛乌素沙漠上的大树会清楚地记得宝日勒岱这位爱唱歌的年轻姑娘是如何慢慢变成一位古稀老人的”[2]，她揭开了乌审旗的治沙序幕。之后，该地区长期处在“整体恶化，局部好转，治理速度赶不上恶化速度”的尴尬境地。进入新时期，乌审旗旗委、政府采取用工业化带动生态建设的

[1]　肖亦农．毛乌素绿色传奇［M］．呼和浩特：远方出版社，2012：159.

[2]　肖亦农．毛乌素绿色传奇［M］．呼和浩特：远方出版社，2012：62.

产业化，走“绿富同兴”之路等战略决策，将“以人为本，建设绿色乌审”的构想逐渐融入治沙事业，最终形成了“家庭牧场”“划区轮牧”“封沙育林育草”“小流域治理”“飞播造林”“生态移民”“造林大户”“农业综合开发草原建设”“龙头企业治理”等9种模式。

鄂尔多斯几代人与沙漠抗争，通过科学的方法和勤奋的工作，成功治理了沙漠，毛乌素地区出现近乎奇迹的治沙成果，毛乌素沙漠逐渐消失。如今，这里已经不再是黄沙漫天、寸草不生的景象，而是一片绿意盎然、生机勃勃的生态家园。目前，毛乌素沙地拥有丰富的物种，沙生植物从丘间地到丘顶均有分布，草甸植物则有寸草、马蔺、芨芨草、海乳草等。毛乌素沙地的油蒿群落和柳湾林构成了该区乃至鄂尔多斯高原最独特的植被景观。植物种类较丰富，有近20种适宜在沙地中生长的植物。当地种植经济作物，建设生态园区，不仅带来了生态环境的改善，也带来了经济效益的提升，眼前“是一片望不尽的水面，蓝天白云倒映，满眼碧绿。微风吹皱了一湖春水，荡起碧波，轻轻亲吻着沙滩，发出哗哗的声响。天上那么多水鸟嘎哇鸣叫着，不时掠过水面，又腾空而起”[1]，改变了当地的环境，也为全人类应对环境问题提供了宝贵的经验，为国际合作提供了新的契机，在国际上引起广泛的关注和赞誉。至此，人、自然社会的和谐图景终于在毛乌素沙地得以展现，作家的生态伦理

[1] 肖亦农. 毛乌素绿色传奇［M］. 呼和浩特：远方出版社，2012：242.

担忧找到了停靠点。

文化自信是一个国家、一个民族、一个政党对自身文化价值的充分肯定和对本身文化传统的认定，对自身文化生命力的坚定信念[1]，是一个民族自信心和自豪感的重要来源，对自身文化生命力和改革发展的坚定信念，以及对外来文化吸纳、消融、同化、再造能力的充分自信。具有超生物性、超自然性、超现实性，是人类社会实践在个体生命内部建构的高级文化结构[2]，是人们在进行文化反思、比较、评价、展望后，形成的一种对本地区本民族文化的主观认同。

一个地区的悠久历史是该地区文化自信的重要来源。通过回顾过去，地区人民能够了解自己所在地区的独特历史轨迹和重要事件，从而建立起对本地区的认同感和归属感。这种认同感和归属感进一步转化为文化自信，使地区人民对自己的文化价值充满信心。毛乌素的历史文化悠久，距今70万年前的萨拉乌苏文明和萨拉乌苏遗址在此发现。西方学界认为，现代人类起源于“非洲夏娃”，我们对此存疑却苦无证据。直到20世纪20年代一颗古人类的铲形牙在乌审旗萨拉乌苏河流域被发现，“河套人”才被正式命名，中国人独有的生命密码随之被揭开，有力回击了中国人是“非洲夏

[1] 云杉．文化自觉 文化自信 文化自强——对繁荣中国特色社会主义文化的思考[J]．红旗文稿，2010：16.

[2] 张迪．浅析社会主义核心价值观视阈下文化自信的内涵[J]．环球人文地理，2014：1.

娃”的后代的断言，印证了中国人种的纯正，破解了“我是谁”这个人类生命学难题，为古人类学研究作出卓越贡献，该地区被遮蔽的文化含量就此得以显现。公元5世纪，赫连勃勃建立大夏国，定都乌审草原，当时的乌审，“美哉斯阜，临光泽而带清流”。从萨拉乌苏河谷走出的古老的“河套人”，经过时间的积淀和传承，其文化传统、价值观、风俗习惯等，逐渐形成了一种独特的文化氛围和环境。在这种环境中成长起来的人们，对自身文化的认知和认同更为强烈，从而建立起强大的文化自信，这种文化自信不仅有助于地区人民的团结和凝聚力，还能激发他们的创造力和创新精神，推动地区的发展和进步。另一方面，文化自信反过来又会影响地区历史的发展。对“敬天惜地，天人合一”的绿色文明观念的深入思考和对“三北精神”的践行，构成了毛乌素地区重要的地域性文化和精神内涵，是区别于其他地方的独特软实力，也是文化自信的内生动力，同时也影响着乌审人在处理生态建设、工业化与城市化关系上的决策，21世纪初乌审旗委正式确立了“以人为本，建设绿色乌审”的总体发展理念。

“敬天惜地，天人合一”是一种深远的哲学理念，强调人类应当尊重自然、珍惜资源，与自然和谐共存，这种精神源于对宇宙规律的深刻理解以及对人类与自然关系的深入思考。面对丰富的矿藏资源和脆弱的生态系统之间的矛盾，乌审旗调整发展思路，提出建设“一核三带一廊”的总体布局思路，“用集中开发利用1%的土地换取99%的生态恢复”[1]，在推动农牧业生产生活方式向工业生产生活方式转变的过程中，尊重自然的规律和法则，保护生物多样性，维护生态平衡，倡导绿色生产方式和生活方式，积极探索和利用自然资源的可持续利用方式。“敬天惜地，天人合一”还强调人与人的和谐共处，人类应当摒弃狭隘的自我中心主义，关注他人的利益和福祉，与他人建立真诚、友善的关系。治沙工作不仅改变了沙漠的面貌，还培育了乌审人民“坚忍、自信、创新、奋斗”的精神。乌云斯庆以宝日勒岱和殷玉珍为偶像，誓要将乌兰温都尔大沙漠驯服，她与12名父女成立乌兰温都尔项目组，形成一种股份制治沙组织，面对质疑，她斩钉截铁地回应道：“咱女人在乌审旗的大沙漠里治沙出了大成就，像宝日勒岱大姐，那是全中国的英雄！人家殷玉珍就在咱们的河对面，一个人治了几万亩沙子。现在咱们这边还是‘火焰山’，人家已经成了‘花果山’。同是女人，我们为什么做不到？”她们是自信坚韧、敢闯敢拼的乌兰温都尔姐妹。新婚媳妇殷玉珍流着泪想离开贫穷落后的土窝窝，可看到身后泪眼婆娑的丈夫和公婆，她心软了。于是清点好家里的全部财产——一间土窑和两只羊，还有一只断了腿，然后就开始埋头在沙漠里种树，“我宁愿种树累死，也不能让沙子欺负死！”卖羊、买树苗，借钱、买树苗，换猪崽、买树苗，年复一年。她是勇于探索、不断创新的乌审女儿。毛乌素地区的治沙方法也在不断改进和创新。从最

[1]　肖亦农．乌素绿色传奇［M］．呼和浩特：远方出版社，2012：93.

初的简单种树、拉网、压草皮，到后来的科学治沙、生态治沙，治沙人的智慧和勇气可见一斑。他们不断尝试新方法，引进新技术，以适应不断变化的自然环境，这种创新和勇于改进的精神，是内蒙古人民开放、进取、创新精神的体现。

内蒙古人民在长期的治沙固沙实践中践行着艰苦奋斗、无私奉献、锲而不舍、久久为功的“三北精神”。在中国“三北”（西北、华北和东北）地区建立三北防护林，从1978年规划，预计到2050年分三个阶段、八期工程建设完成，其中，三期工程于1996年启动，到2000年完工，建成了一批包括毛乌素沙地在内的区域性防护林体系。通过不懈努力，毛乌素沙漠的治理成果堪称壮观，这里的沙漠已经逐渐被绿色覆盖，生态环境得到显著改善。植被覆盖率提高，生物多样性增加，土地资源得到合理利用，人们的生活质量显著提高。这个绿色传奇故事，是治沙人无私奉献、坚持不懈的结果，是内蒙古人民对美好生活的追求和向往。一个具有强大文化自信的地区，更加重视对自身历史文化的保护、传承和创新。这种重视不仅有助于维护地区的文化遗产，还能为地区发展提供强大的精神动力和智力支持。同时，文化自信还能激发地区人民的自豪感和归属感，使他们更加积极地参与地区的历史建设，共同推动地区的历史发展。在固沙治沙这场持久的战斗中，乌审人民达成无言的一致，实现代际传承，从宝日勒岱到殷玉珍再到乌云斯庆，她们都是“三北精神”的践行者、传承者和受益者，一代代治沙人延续着萨拉乌苏绿色文明，不断谱写建设现代乌审的新篇章。

给沙漠披上绿衣，这是几代治沙人接续奋斗的目标。直到现在，绿意遍布毛乌素沙地，世代生活在那里的人们的精神状态和生命状态也在悄然间发生变化。他们在诗中发现毛乌素的美，融入毛乌素的美，欣赏毛乌素的美。

“毛乌素沙漠出诗人。”贺希格巴图是中国近代史上具有民主主义的蒙古族诗人，才华出众，很早就写诗成名，笔锋犀利，直指现实。而任俊祥是一位普通的农村女诗人，喜欢读泰戈尔和舒婷的诗，为了写诗而有憾于家庭。他们的成长环境和人生阅历不同，诗歌表达的情感价值不同，但是他们都在诗里描绘或渴望创造一个“诗意的栖居”的人与环境的空间。身处毛乌素沙漠的人们的生存是粗粝甚至悲苦的，但是在毛乌素诗人的笔下，这片沙地却美丽、静谧、神圣，溢美之词不绝于耳，对其进行肆意的诗意描摹和审美观照，他们深爱这片土地，早已水乳交融，不可分割。

海德格尔认为，作诗并非为了进行艺术创造，而是人类寻找自然栖居的一种方式，是认识人与其他天、地、神的过程，是人类真正获得本真从而走进诗意的过程。因此，作诗的最终目的是以倾听的方式去感受自然，与自然进行交流。诗意是作诗的目的，是万物澄清、自然而然、返璞归真的境界。而栖居则是“存在”，是平静而自由的存在。将两者概念合二为一便是海德格尔视角下对于“诗意的栖居”的最终解读，即以“平静”之态自由地存在于自然的本质之中。因此，这二者之间的关系是紧密相连、互为包含的，只有在诗意的境界中栖居的定义才能成立，同样，只有当生命进入栖居的自然状态之中，诗意的特征才得以显现。总之，“诗意的栖居”是尊重自然万物独立性、自发性和本真性的生存态度，也是使人类不断探寻其本源的生存方式。

“万物并育而不相害，道并行而不相悖”，自然万物本来就是一个共生、共存、共融、共同发展的整体，毛乌素人民与毛乌素沙地朝夕相处，早已培育、生成了一整套与毛乌素沙漠相契合的精神文化体系。蓝天、白云和草原是毛乌素人对生态的追求，同时也是对这种乐山乐水的生命整体意识的追寻。“泛着青色雾霭的是远方的景象，／渴念的人呀总也离不开我的心房。／你的模样宛若一幅美妙的图画，／我的这颗心啊就像一束飘浮的幽光。／如愿相爱的我那心上的人啊，／你与百花丛中的莲花没有两样。／我忍受不了这肝肠寸断的思念，／只有幽会的一刹那才能免除惆怅。”[1]这是一首描绘自然景色和生命感悟的蒙古族诗歌，诗人贺希格巴图以简洁明快的语言，描绘了草原上高高的蓝天、洁白的云朵和广袤的草原，表达了对自然美景的赞美和对生命的敬畏之情。这首诗歌在蒙古族文学中具有较高的地位。其中，“高高的蓝天”是诗歌的核心意象，它象征着无限广阔和自由的空间，也代表着生命的无限可能性和希望。作者通过这一意象，传达了对生命无限的追求和向往。借助“白云朵朵”这一意象，表达了对生命的感慨和思考。白云在蓝天上飘荡，既象征着生命的短暂和无常，也象征着生命的永恒和

[1] 肖亦农．毛乌素绿色传奇［M］．呼和浩特：远方出版社，2012：141．

美丽。生命就像白云一样，虽然短暂，但依然美丽而珍贵。此外，诗人还通过描绘草原这一自然元素，表达了对故乡的思念和热爱。草原是蒙古族文化的象征，也是诗人心中最珍贵的记忆。在诗中，作者通过描绘草原的辽阔和美丽，表达了对故乡的深深眷恋。在诗人的绿色观念和生命整体意识的反复过滤下，《高高的蓝天》浸润着浓厚的情感和深刻的哲理，不仅具有较高的艺术价值和文化意义，也是蒙古族文化的重要组成部分，对于传承和发展蒙古族文学和文化具有重要的意义。

毛乌素诗人对毛乌素的热爱绝不仅限于一味歌颂、赞美，难能可贵的是他们可以跳出遮蔽回望这片土地，甚至于目光遍及整个时代，以清醒的头脑看待时代，在尖锐的批评之下又藏着孩子般的赤子之心。

毛乌素沙漠的人们长久以来孜孜不倦地追寻那一抹“绿色”，他（她）们一代接着一代干，一棵树接着一棵树种下去，抵御黄风对土地的侵蚀，也在心里播撒下一份“绿色”。诗歌没有贵贱之分，它作为一种艺术形式平等地让每一个像任俊祥一样的个体生命从令人窒息的世俗生活中突围，追随自然的律动而自由地伸展生命之舞。农民女诗人任俊祥，她沉醉于泰戈尔和舒婷的诗歌，为了守住心中的那一寸文学理想，她承受了很多，搁置了对家庭的责任。丈夫“下地回来，灶是凉的，锅是冷的，鸡没喂，猪叫唤，她还在烂纸上写画”[1]，儿子也不支持，附近的人们把她当成怪物。她获得自治区和旗里的关注之后，出书、获奖、研讨、奖励，一样都没落下，还当选了村里的妇女主任和旗里的妇联代表，这本是可喜之事，可是连不太懂诗的丈夫都觉得奇怪的是，自从她“出书后，光对着书桌发愣，诗写得越来越少了”。作家安慰道，“这挺正常的”。紧接着，他翻开任俊祥出版的一本诗集《珍藏》，从中他彻底找到了答案：“我爱这土地／一个全新的日子里在一片慈祥的阳光下我含着泪／把大地搂在怀里／尽情地亲个够／……／我说／我爱这土地我宁愿去死／让我的骨肉化作／数亿计人脚下的土地／生命原本产生于土地／叶落归根是回报土地对它的养育之恩／我深深地爱着这土地／……”千百年来，农民与土地形成了互相依恋的关系。文学史上也有太多离开土地转向城市的远行者，也有无法融入城市而暂时归来的过渡者。任俊祥和他们都不一样，她一如既往地深爱脚下这片土地，正如她对文学的坚守一样，对土地始终敬畏，怀着一种深沉的爱与感恩，这土地就是任俊祥的生存之本和精神之源，也是她的诗作之根，只要这片土地还在，她的创作就不会枯竭。

肖亦农通过讲述毛乌素沙漠消失的历史巨变，探讨了中国经济发展与生态建设的关系，反映了中国防治荒漠化的进程；同时，当地人民通过植树造林、恢复植被、建立生态保护区、走工业化绿色

[1] 肖亦农. 毛乌素绿色传奇［M］. 呼和浩特：远方出版社，2012：148.

发展之路等方式，积极推进生态恢复工作，发展绿色农业和生态旅游等产业，以实现经济和生态的双赢。作品立足于自然、人和文学之间的相互关系，以生态整体主义为思想基础，以生态系统整体利益为最高价值审视，充分挖掘毛乌素地区的绿色发展理念、光辉历史长河以及诗意文学内涵，倡导尊重自然的理念，敬畏生命，弘扬生态责任，走可持续发展的道路，在新时代守护好每一朵白云、每一片蓝天和每一寸沃土。

第二节　脱贫史诗中的时代新人：艾平与《春风染绿红山下》

社会的剧烈变革为文学创作提供了丰厚的素材。李朝全曾指出，“报告文学是最富有社会责任感和历史使命感的文体，是最具有担当意识的文学样式”[1]。内蒙古也涌现出大量优秀的扶贫脱贫报告文学作品，为内蒙古报告文学注入蓬勃朝气。艾平的《春风染绿红山下》就是其中具有内蒙古风格和内蒙古气派的报告文学作品。作品在如实记录赤峰市农村如火如荼地开展脱贫攻坚斗争的过程中塑造了一批有知识、敢担当、能作为的驻村第一书记，同时作家对这一时代洪流中的女性力量给予充分关注。通过对全文词频进行统计分析，发现整部作品充满浓烈的苦难意识，每一个故事背后都是一本关于苦难的书，深重的苦难成为赤峰人民克服一切障碍与贫困斗争到底的信念支撑，并且这种斗争常常以家庭为单位进行；

[1] 李朝全. 非虚构文学论［M］. 福州：福建人民出版社，2017：48.

作品中有些篇目没有放弃小说化的叙述方式，采用电影化叙述和交叉叙述推进故事，另外，从一些细节中我们可以看出作家对历史的反思。

铁凝指出，中国特色社会主义事业，决胜全面建成小康社会、决战脱贫攻坚的伟大斗争，正涌现出无数新的英雄人物。书写塑造这样的“新人”，是新时代中国文学的光荣使命。书写“新人”，就是要在人物身上，挖掘出历史前进的总体脉络与内在必然，呈现出新时代的精神特质与精神高度。[1]《春风染绿红山下》在塑造时代新人时，一是突出刻画了奋战在脱贫攻坚一线的第一书记，二是在大时代的洪流中关注到了女性所发挥的力量。[2]

“全国累计选派25.5万个驻村工作队、300多万名第一书记和驻村干部，同近200万名乡镇干部和数百万村干部一道奋战在扶贫一线”，[3]作者“在村庄里穿行，看到了一个个年轻的驻村第一书记，他们身上有泥土，手上有羊毛，心里有一腔真情，说起贫困户

[1] 铁凝．书写新时代的“创业史”［N］．人民日报，2020-7-17．

[2] 作品中涉及一位女性干部担任第一书记的身份交叉情况，本文将其（姚远）放置于女性力量的视角下论述。

[3] 习近平．在全国脱贫攻坚总结表彰大会上的讲话［N］．人民日报，2021-2-25．

的情况他们了如指掌”[1]，作品共塑造了11位扶贫第一书记[2]。组织委派，他们便背起行囊扎身脱贫攻坚第一线，一腔热血，敢想敢拼，全情投入。可是这些第一书记也只是普通人，也会有认知壁垒，也会困惑迷茫。作者将第一书记置于特定的社会环境和背景下，他们与群众面临同样的包括经济、环境、文化、教育等方面的挑战和难题，通过细节描写、心理刻画等手法，展现出第一书记们有干劲、有担当，信念坚定，在复杂多样的即时情境中逢山开路、遇水架桥的新时代创业者形象。当王振平第一次进入丰收村时，眼前的残垣败象与他预想的欣欣向荣之况相去甚远，他错愕了，连阳光都是清冷的，说没有压力是自欺欺人；再深入了解，组织涣散、资源稀缺、经济基础薄弱、群众意识落后等问题更是令人挠头。而第一书记作为组织委派的年轻有为的干部，担任村庄负责人，对于原本运行的村组织来说是一种外部力量。如何使外部力量融入内部并改善提振内部，这考验着王振平，于是他紧急调动曾经教师的身份，查资料，翻书本，求教于人。通过网络发起募捐，为冯喜仁一家带去生的希望；为滕云祥一家联系养羊项目，解读政策，推荐培训。终于，王振平“从陌生到熟悉，从不知道怎么下手到每一件事一件事落实到位，体会了有条件上、没有条件创造条件也要上的不

[1] 艾平．春风染绿红山下·序［M］．天津：百花文艺出版社，2020：3.

[2] 刘叶阳和刘永军、根登和僧格分别为同一个短篇中的两位主人公，他们同为驻村第一书记，在篇内又同为两条重要的叙事线，故本文在统计时将其四位都纳入第一书记范围。

易，也收获了成功的喜悦”。[1] 其实，这些扶贫浪潮中的故事，也是第一书记们的成长故事，他们与所驻村庄双向改造，相互促进。

年轻的代小飞刚任黄芩塔拉嘎查驻村第一书记就遇到了阻力，有一户牧民冒名顶替使用政府投放建立牲畜舍饲棚圈专项扶贫款并私下进行交易，而这种私下达成协议的人家在嘎查是一股“不小的势力”，“一时间，代小飞行动起居时，都能感觉到背后有冷冷的目光”。[2]“嘎查”是蒙古族地区的行政村，与汉族“村庄”同级，都是扶贫英雄们战斗的一方舞台。村庄作为几千年来中国社会治理结构的基础而存在，同宗族几代人在此繁衍生息、耕作生活，潜藏在其间的各种风俗与道德伦理成为村民日常处理问题所依据的准则，悄无声息却有自身内在的运行之道。代小飞严格执行国家政策无疑打破了嘎查原本的自在规则，工作难以开展。直到一次牧民运动会上，代小飞对获得冠军的当事人表示由衷的赞美，这才算融入其中。乌兰布统草原的牧民喜欢饮酒放歌，这是代代相传的生活习俗，第一书记代小飞选择下午开会时，超过三分之二的牧民因为中午吃饭贪酒而缺席，到场的牧民也时常在会上唱歌甚至骂人，搅乱会议，于是他遵循当地传统，将会议全部安排调整在上午，同时也在苦苦琢磨如何从酒与贫困中将牧民解放出来。乡村社会的治理结构尤其自在的一面，有时候认可并遵循其中的道德伦理

[1] 艾平．春风染绿红山下［M］．天津：百花文艺出版社，2020：111.

[2] 艾平．春风染绿红山下［M］．天津：百花文艺出版社，2020：174.

是核心要义。

作品关注脱贫攻坚中的妇女力量。马克思曾说，“每个了解一点历史的人也都知道，没有妇女的酵素就不可能有伟大的社会变革”。[1] 在这场脱贫攻坚的时代大考面前，女性直面挑战，她们或坚毅地接过组织的任命，一路过关斩将，克服险阻，带领村庄通往致富路；或在一片狼藉的生活中左冲右突，撬动智慧，埋头苦干，为家庭创造出无限生机。

“贫困山村的农家媳妇、中国最基层的农村干部、让一个贫穷小山村走上幸福之路的致富带头人、金牌法律调解人、当面向总书记汇报扶贫工作的全国人大代表……”这是赤峰市松山区大庙乡党委副书记兼小庙子村党总支书记赵会杰，她要和男性一样，“头脑里装满各种政策法规”，为贫困家庭建档立卡，申请低保，办理项目贷款，想尽办法为村里留住一位优秀的村主任，处理邻里纠纷时融人情于法理之中，以涓涓细流的耐心铲除农村痼疾，为文明乡村建设普及法律观念；“手要触摸大地，要知道一亩地谷子该施多少农家肥，要知道母羊生产的时候蹄子先出来该怎么办，要知道一棵山杏树能打下多少杏仁……”推动适合当地种植的中草药产业化发展并建立合作社、注册商标；“心胸要像草原一样开阔，容得下万马奔腾”，在修路架桥项目受阻时，默默自掏腰包为村民发放补偿

[1] 马克思，恩格斯，列宁，斯大林. 妇女［M］. 北京：中国妇女出版社，1978：59.

金，在被村民骂脏话后，不计前嫌，不记群众的仇；“还要善解人意——苦巴苦力的庄稼把式，精明的牲畜贩子，躺在病床上叫天天不应、叫地地不灵的贫困户，他们为人做事的方法”，[1] 对无理取闹、蹦高跳骂的村民及时发威，给身处绝境但自强不息的苦命人以陪伴和指引。她身上自带光芒，以备随时为别人照亮前行的路，正如艾平动情地说，“赵会杰的后面，是一条色彩斑斓的河”。

作为一名汉族干部的姚远，用一句蒙古语“赛百诺”开了头却无法继续交流时，也就在老百姓心里种下一个不懂业务的无能干部形象。于是，她从蒙古语单词开始学起，琢磨汉语和蒙古语表达逻辑之间的差异，并努力发现蕴藏其中的智慧和优美。从蒙古语入手探索其民族文化，这个年轻的女驻村书记摸索出一条“可以使人们从四面八方走到一起”的通道。后来她用蒙古语点名，用蒙古语交流，用心倾听上访老人的诉求，深入了解这片土地的历史文化，使自己从形式到内容都彻底融入嘎查。最终，她带领那林高勒嘎查的130个贫困户全部脱贫。

在脱贫一线上，不仅有赵会杰和姚远这样的女干部，还有千千万万的普通农妇，她们常年躬身于土地之上，大半辈子呕心沥血，为人妻，为人母，凭借几十年如一日“咬定青山不放松”的韧劲，不惧贫困，不畏艰难，终于甩掉身后那巨大的贫穷阴影，缔造了崭新生活，比如党桂梅和赵丽杰。

[1] 艾平．春风染绿红山下［M］．天津：百花文艺出版社，2020：134.

“我必须是你近旁的一株木棉／作为树的形象和你站在一起／根，紧握在地下／叶，相触在云里／每一阵风过／我们都互相致意。”现代诗人舒婷的诗句与党桂梅的形象无比契合。这个“脱贫路上敢做梦的女人”，生活不仅没有培育她成为或“桂”或“梅”的“一朵花”，反而推着她成为“一棵树，一棵在原野上栉风沐雨的树”，“她的旁边还有另一棵树与她并肩而立”。[1] 他们夫妻二人一起接受风雨捶打，也携手在赤峰市巴林左旗北房身村奋起抗争，同呼吸共命运，百折不挠。两个人起早贪黑躲荆棘、防蚊虫地挖药，终于苦熬三年还上了3700元的饥荒，这个年轻媳妇都没来得及为自己买一件漂亮纱巾，儿子便被诊断为精神性疾病，紧接着自己患病，花光所有积蓄又借了高利贷，背上了十多万元的饥荒，终于这个家庭因病返贫。在陷入绝望之际，党桂梅“率先擦干泪水，把灶火点燃，然后下了一把面条，到地里薅了点儿青菜，全家吃了出事之后的第一顿团圆饭。她知道，一切都得重新开始了”。[2] 幸福是留给时刻保持冲锋状态向艰难进攻的人的。二人利用内蒙古东北部大兴安岭东南部的农村有50多年种植笤帚糜子的历史，开始做手工笤帚，就此绝地翻身，还带动其他贫困户，设立车间，同时搭乘网络平台，让成品笤帚的市场扩展至国内其他城市。“铁打的女人”魏淑利，丈夫干活摔下不能劳动，她带着四个孩子，种植两个

[1] 艾平．春风染绿红山下［M］．天津：百花文艺出版社，2020：24.

[2] 艾平．春风染绿红山下［M］．天津：百花文艺出版社，2020：32.

蔬菜大棚，从二月一直忙到十月，从育种摘果包装到进入市场，拖着对西红柿秧苗过敏的身体，披星戴月，不知疲倦。赵丽杰的母亲为了儿子，她为了弟弟和母亲都无比坚忍，拼尽全力挽救那个摇摇欲坠的家庭。刘汉芝也是个刚强的女人，丈夫去世后，她乐呵呵地送两个女儿出嫁，自己带着残疾的儿子贷款、养猪、欠债、重新养猪、养鹅，最终实现脱贫。她们都是有过苦难的生命体验的女人，她们坚毅执着，拼尽全力推着家庭往前走。正是有许许多多像她们这样的女人积极参与其中，脱贫攻坚的伟大战斗才能打响、打好。

“贫困是人类社会的顽疾，反贫困始终是古今中外治国安邦的一件大事。一部中国史，就是一部中华民族同贫困作斗争的历史。”[1]《春风染绿红山下》中的苦难意识浓烈，每一个故事背后都是一本关于苦难的书，深重的苦难成为赤峰人民克服一切障碍与贫困斗争到底的信念支撑，并且这种斗争常常以家庭为单位进行。

词语在作品中出现频次的多少，直接指向的是作家所关注的范围及其关注程度。《春风染绿红山下》中共出现“贫困”230次，“扶贫”183次，“贫困户”155次，“病”137次，“脱贫”137次，“穷”42次，“困难”40次，“眼泪”27次，“残”23次，这些高频词大体呈现了赤峰农村穷困的基本样貌以及致贫主因，同时也显示出扶贫脱贫工作的必要性和紧急性。

[1]　习近平．在全国脱贫攻坚总结表彰大会上的讲话［N］．人民日报，2021-2-25.

当虚弱的冯喜仁面对女儿细若游丝的气息时，只能在一分一秒的煎熬中感受着生命的消逝，他能做的只是给女儿换一件她亲手选定的鲜艳的衣服，送这个少女在鲜花般的年纪里离开这个贫寒的世界。这辈子他无能为力，作为父亲的悔疚只能寄希望于下辈子当牛做马偿还。赵丽杰出身于农民家庭，20岁的她独自面对父亲的离开并处理丧葬，彼时母亲正在沈阳陪先天性胎儿畸形的弟弟做手术。手术并不成功，于是她踏遍了所有亲朋好友的门槛泪水涟涟地去借债，最终还是没能救活弟弟；另一边母亲在哥哥因和弟弟同样的病因去世之后就精神恍惚、抑郁难解，以致后来不能照顾自己。赵丽杰的天一点点塌下来了，最后家里竟然没有一个可以商量的人。人生的前20年里，她尝尽了世间的苦痛，可是生活没能击垮这个年轻的姑娘，父亲从前的严厉使她练就了生活的技能和坚强的意志。

从原始社会的食不果腹、衣不遮体到经济全球化浪潮下物质和人文的双重缺失，贫困犹如幽灵般游走于人类社会发展的历史进程中，成为人类发展挥之不去的梦魇。人类也在孜孜不倦地进行反贫困斗争。精准扶贫是党的十八大以来的重大国策，党的十九大将其作为三大攻坚战之一进行全面部署，“锚定全面建成小康社会目标，聚力攻克深度贫困堡垒，决战决胜脱贫攻坚”[1]，这一政策的出台与深化推进了文学对反贫困斗争的关注。大规模反贫困叙

[1] 习近平．在全国脱贫攻坚总结表彰大会上的讲话［N］．人民日报，2021-2-25．

事出现，全国描绘反贫困斗争的作品在千部以上。中国作协和地方各级作协积极组织，中国作协重点作品扶持工程专门设立“决胜全面小康、决战脱贫攻坚”主题专项，实施脱贫攻坚题材报告文学创作工程，在定点深入生活项目中大力支持脱贫攻坚题材、乡村题材创作。[1] 作家群体响应号召，“深入生活，扎根人民”，营造了围绕精准扶贫这一主题的浓烈的文学创作氛围，《春风染绿红山下》就是在此背景下诞生的。作品作为“向人民报告——中国脱贫攻坚报告文学丛书”和“中国作家协会脱贫攻坚题材报告文学创作工程之一”，作家曾到内蒙古自治区赤峰市体验生活，收集创作脱贫攻坚主题报告文学的素材，认识了“赤峰市的一切，从人文地理到历史沿革，从民俗风情到乡村民生，从诸多的扶贫政策到种种产业扶贫方式”，也结识了“众多的朋友，从各级干部到驻村第一书记、工作队队员、村‘两委’成员，从一个个企业的管理者到不同层面的创业者，从自强不息的残疾人到日夜拼搏的贫困户……”[2] 就这样，艾平通过对赤峰农村的脱贫攻坚工作及其成效的田野调查，又经过在地思考之后，形成关于脱贫攻坚的总认识，以赤峰市的昨天与今天为视点，围绕基层农村的脱贫攻坚和乡村振兴展开叙述，以在场的姿态诉说着赤峰儿女在脱贫攻坚征途中的这份艰辛与阵痛，书写了成功脱贫的典型个案或样本，16个短篇基本遵循“贫困—扶

[1]　铁凝．书写新时代的“创业史”［N］．人民日报，2020-7-17.

[2]　艾平．春风染绿红山下・序［M］．天津：百花文艺出版社，2020：2.

贫—脱贫”的模式。

毕飞宇将“这种实证的、田野式调查式的创作方式”，称为“是这个时代的文学精神”[1]。《春风染绿红山下》携带着一种强烈的史传传统，秉承“实录”精神，真实客观地记录着发生在赤峰这片土地上的反贫困史诗。贫困与落后已经是积攒了几十年甚至几百年的历史问题，彻底攻克根深蒂固的穷根子并非一朝一夕之事，无论哪个地区，扶贫与脱贫都是一块难啃的硬骨头，必须咬定青山不放松，一任接着一任干，在第一书记的代际传承和倾情奉献中，才能迎来新时代的脱贫新篇章。在扶贫战场上，有无数后辈力量，他们接过扶贫的接力棒，沿着前辈走过的路，且行且探索，任重而道远。父亲刘永军被选派到王爷府村当驻村第一书记；在旗委宣传部当干事的儿子刘叶阳，则被派到马鞍山村当驻村第一书记，于是，父子俩都作为扶贫第一书记同时奔赴喀喇沁旗脱贫攻坚主战场。父亲满头白发，依然在第一线冲锋陷阵，恶补互联网方面的知识；儿子驻村之后，抓紧了解民情，掌握与群众相处之道。父子俩相互为师生，相互扶持，相互鼓舞，在喀喇沁旗书写了别样的精彩。另一边，在翁牛特旗的乌兰敖都嘎查，也有一段第一书记代际传承的美谈。嘎查的第一任党支部书记根登，20世纪50年代初在这里带领牧民创建了中国第一个畜牧合作社，开启了治沙伟业。他带

[1] 蔡震，毕飞宇．诺奖会激励一些作家严肃思考非虚构写作［N］．扬子晚报，2015-10-10.

领牧民建立第一个中国畜牧业生产合作社、打第一眼水井、建造第一批新房，终生致力于治沙事业；他手捧红星、甘洒热血，成为闪耀在乌兰敖都上空的一颗启明星，指引乌兰敖都人奔向新时代，拥抱新生活。老书记退休、去世后，1976年出生的僧格，成为苏木新的苏木达（相当于乡长、镇长），这个承接着一代代治沙人未竟事业的蒙古族之子，带领新一代阿什罕人誓将黄沙变绿野，取得卓越成效。乌兰敖都先后荣获“全国防沙治沙先进集体”“内蒙古自治区民族团结进步模范集体”“全国民族团结进步模范集体”，阿什罕的治沙经验被传到四面八方。所以老书记一刻都不曾离开这片土地，在乌兰敖都的田野牧场，在整个阿什罕的绿洲林地里，随时可以感觉到他的存在。

采用复合叙述，全书由多个独立的故事组成，每个故事都有自己的情节和角色。这些故事以不同的时间顺序或平行叙述，或以某种交织的方式呈现。这种叙述方式可以提供更丰富的情节和更深入的人物描绘，同时也增加了故事的复杂性和深度。在序言中，艾平强调，“这本书中的十六个短篇，都是先做了实地观察，与主人公交谈，进而研究资料，找到一些可以追寻的切入点，再次和主人公沟通，最后才落笔的”[1]。“对于各类资料，我也无比贪婪，赤峰市扶贫办的领导和同志们一直在为我指路导航，帮我迅速地沉入基

[1] 艾平．春风染绿红山下·序［M］．天津：百花文艺出版社，2020：4.

层，找到一个个‘目标’。”[1]搜集到的一个个“目标”，都被作家进行了重新排列组合，以一种新生形象出现在文本中。作家在创作中并没有舍弃小说化的叙述手段，相反，在有些篇目中表现得非常突出。比如《富兴社区，乡愁在楼门陪你》一篇就运用了艺术性表达和电影化手段进行叙述。该篇在对复兴社区的参观过程中，“边走边聊”，从外而内，将故事延伸到不同的空间，遇见不同的场景，最终，由作家对这些画面进行剪辑连缀。跟随作家的镜头，我们连续经过妇女车间、农贸集市、产业福利车间，与多个脱贫搬迁的居民见面，聆听他们的幸福故事，让我们可以跳出一个角色的视角，进入另一个角色的视角，从而获得更加全面的角度去理解脱贫事业。在叙述过程中，作者还常常穿插一些相关的背景信息或者情节。而通过转换场景的方式，这些背景信息和情节就能够更加自然地融入文章中。

碎片式叙述提供一种破碎的、非线性的阅读体验。一个故事内部涉及多个不连贯的故事，这些故事可能涉及不同的时间和地点，甚至不同的角色。扶贫干部在扶贫工作中遇到的事千头万绪，需要解决的问题纷乱零碎，如何于纷乱中理出一条线索展现一个扶贫干部，并不容易。《给丰收村的新故事起个头》中，因病致贫的冯喜仁一家和因事致贫的腾云祥一家交叉着在读者面前铺开。冯喜仁一家四口中有三人得了绝症，女儿在生命垂危之际，勉强睁开的双眼

[1] 艾平. 春风染绿红山下·序［M］. 天津：百花文艺出版社，2020：2.

里仍然是“布满灰尘的天棚”，无尽的贫寒穿透纸背，令人窒息。笔锋一转，推出一个优雅的老太太和一段浪漫的爱情往事，为故事带来一丝亮色，节奏稍微欢快了些，虽然这不是一个“尘封在岁月里的故事，而是至今依然流血的伤口”[1]，关于一个香港姑娘嫁到敖汉之后“跑”了一辈子却没能逃离的故事。在进入至暗之后作家又设计了新一轮的光亮，拉起阅读情绪坠落的读者：一方面通过网络平台募捐、联系中国医学科学院为冯喜仁及其女儿治疗并寻求大病救助彻底解决这一家的后顾之忧；另一方面，通过引进养羊项目扶持腾云祥一家脱贫，又借助网上社会众筹和内蒙古“互联网+”等途径解决资金问题。

报告文学是与社会的重大变革相生相伴的一种体裁，把握着时代脉搏，及时关注社会热点，是时代与改革的“方向标”，脱贫攻坚作为新时代的大事变为文学创作提供了丰富的素材。“年富力强的人都像鸟儿一样飞走了，飞走了就决意永不回头，他们丢掉了土里刨食的日子，甚至都不愿做一只冬去春回的候鸟，任故乡兀自穷困潦倒，乃至自生自灭。有谁知道记忆是一块会长芽的石头，故乡只要有人存在，记忆就是活生生的，让人痛，还要衍生出一些难以想象的故事。当然，在无奈的贫困之中，那都是些令人心酸和疼痛的故事。”[2] 这是作品中一位第一书记的感慨，同时也是真实发

[1] 艾平．春风染绿红山下［M］．天津：百花文艺出版社，2020：104．

[2] 艾平．春风染绿红山下［M］．天津：百花文艺出版社，2020：101．

生在整个中国农村的可怕事实。年轻人都飞向了外面的世界，独留一个满目疮痍、凋零凄清的故乡在原地。故而脱贫攻坚势在必行。伟大事业孕育伟大精神，伟大精神引领伟大事业。脱贫攻坚伟大斗争，锻造形成了“上下同心、尽锐出战、精准务实、开拓创新、攻坚克难、不负人民”的脱贫攻坚精神。[1] 在决胜全面建成小康社会、决战脱贫攻坚的伟大历史进程中，扶贫干部、广大农牧民和作家都是满怀激情的在场者、参与者和书写者。

---

[1] 习近平．在全国脱贫攻坚总结表彰大会上的讲话［N］．人民日报，2021-2-25.

第三节　刺绣绣出了锦绣生活：牛海坤与《让世界看见》

《让世界看见》这部报告文学真实记述了全国脱贫攻坚楷模白晶莹带领科右中旗2.1万农牧民妇女通过发展蒙古族刺绣产业实现大规模妇女减贫的人类奇迹。作者牛海坤敏锐地把握时代脉搏，以采写者的身份介入科右中旗脱贫攻坚这段难忘的历史记忆，以“我”的视角将所见所闻与时代现场人物同频共振。她以在场者的身份，用翔实的文字和数据记录时代、叙写生活，与现实人物感同身受，并尽力挖掘出时代巨变中个体身上的精神面貌和思想力量。因而，这部作品展示出一个宽阔的创作视野，唱响了一曲刺绣产业扶贫的宏伟赞歌。

中国共产党自成立之日起就把消灭剥削、消除贫困、实现共同富裕作为始终不变的追求和使命，带领人民为创造美好生活而进行艰苦卓绝的奋斗，改革开放更是加快了中国的减贫进程。党的十八大以来，中国减贫事业进入脱贫攻坚历史新阶段，我国就解决剩余贫困人口问题不断进行理论和实践方面的纵深探索。而中国坚决打赢脱贫攻坚战的时代进程在书中得到了宏观而详细的线性叙述，八年顽强奋斗的历程跃然纸上，并辅之以横向全景。同时，作者将目光聚焦于科右中旗，探究其成为国家贫困旗县的原因：地处边疆、生态脆弱、受教育程度低、思想陈旧落后、经济欠发达等诸多因素叠加。最终在党的领导下，因地制宜、精准扶贫，通过“吃生态饭、做牛文章、念文旅经”，大力发展蒙古族刺绣产业、全面治理生态环境、完善基础设施建设等，从而实现了脱贫攻坚的伟大目标。

与同时期其他报告文学作家相比，有所不同的是，作者牛海坤在行文中并未频繁提及自身，而是有意去淡化自己写作者的身份，采用全知视角成为“参与故事进程”的人，成为科右中旗乃至国家脱贫攻坚浩瀚历程的在场者，呈现出深邃宏阔的历史景深。作家在叙写的过程中也在不断转换视角，以多重视角来观察和叙述这段历史，突破单一视角垄断的线性与平面，形成了多方位、多层次的表达。在叙述白晶莹带领科右中旗人民发展蒙古族刺绣产业的过程中，间或穿插了政府领导、困难群众以及大学生等人物群体，通过多元主体对话表达了历史在场者的真情实感，直接引语更加真实地流露出时代人物强烈的现场感。贴近不同的主体，我们能够听到脱贫攻坚道路上发自内心最真实的声音。因而，我们能够更加了解科右中旗脱贫攻坚进程的全貌和细节，深切体会信息来源的广度与个性思辨的深度，也更能感受到作家叙写历史时的满腔热忱和十足信心。

中国脱贫攻坚道路的可贵之处，在于开创了一种减贫的中国模式，闯出了一条减贫的中国道路。“超越了传统的以赋权为中心的模式，以赋能为中心，通过运用综合机制，动员各方力量，提升贫困人口、贫困地区参与发展的机会、能力与资源。”[1] 科右中旗的蒙古族刺绣正是如此。刺绣，是女性指尖上的温柔技艺，是中华优秀传统文化的代表之一。苏绣、蜀绣、湘绣、粤绣……百家技艺各领风骚，而蒙古族的刺绣历史悠久，自有其独具特色的一面。禹舜之时，已有刺绣，朝代更替，历久弥新，并在世界文明史上留下浓墨重彩的一笔。与其他刺绣不同的是，蒙古族刺绣是能用彩色丝线、棉线、驼绒线、牛筋等在绸布、羊毛毡、牛皮上绣花或做各种贴花的一种艺术。蒙古族妇女将生活中的元素融入刺绣，自然而不造作，朴素而无虚饰，就如同她们质朴自然的生活一样，彰显着对美的追求。

蒙古族是善于装饰的民族，他们对待世界、对待自然、对待生活充满热爱、敬畏和感恩，通过指尖飞舞将他们的情感呈现在绣品之上。刺绣图案蕴含着蒙古族美好的信念和祈愿，如五畜飞禽、凤栖花间、如意祥云等等，抽象又巧妙，具有鲜明的地域风情。同样，传统文化也深深地蕴含其中，在色彩的搭配上更是把生命的组

[1] 鄢一龙. 脱贫攻坚：中国走了一条什么样的与西方不同之路［N］. 中国新闻社，2021-4-7.

成与五行、五色对应起来，充分展现了蒙古族刺绣的文化之美。“刺绣像是一个重要的基因或者说是一个鲜明的生命符号，已深深地镶嵌在民族记忆的深处。”[1] 蒙古族姑娘自小就会学习蒙古族刺绣，正如白晶莹一样，做每幅刺绣图不假思索，落笔无声，行云流水，展现出极高的艺术造诣。

现如今，在白晶莹的发展创新下，蒙古族刺绣带着一脉传承的美感和文化内涵，与新时代相遇，在传统和潮流的碰撞中激起璀璨的火花。经过调研和论证，蒙古族刺绣成为脱贫攻坚、农牧民素质提升、乡村振兴相结合第十一个精准扶贫项目。一根丝线，一头连着千百年的文化传承，一头牵着万家灯火的幸福生活，既有历史的延续，又充满对未来的期盼。一位位绣娘针起线落间，不仅唤醒了远古血脉的文化记忆，更是催生了他们对锦绣生活的向往和追求。从国内旅游景点的小订单到国际大订单，从刺绣扶贫车间到万人刺绣培训大会，从单枪匹马艰难探索到与各大公司合作创新，蒙古族刺绣愈加焕发出新的生机。这不仅是中华优秀传统文化的传承和创新性发展，更是中华民族大家庭团结友爱的生动体现，更是我们国家和民族精神血脉的深刻彰显。蒙古族刺绣，在科右中旗人民指尖薪火相传，之于群众，之于国家，之于时代，都不负相逢。

鄢一龙说，中国传统文化是“公本位”、集体本位，而不是“私本位”、个体本位。这种文化观深刻影响着几千年来中国的发

[1] 牛海坤．让世界看见［M］．呼和浩特：远方出版社，2020：68．

展，使中国成为一个不可分割的统一整体。这也决定了中国始终追求整体性福祉，强调社会公平，扶助贫困群体。在脱贫攻坚道路上，更是明确强调“不落一村，不落一户，不落一人”，扎实做好脱贫攻坚工作。在党和国家的帮助扶持下，尽管科右中旗贫困问题已得到基本解决，但是，“到2015年，全旗仍有贫困人口6.73万，这部分贫困人口中，蒙古族贫困人口占97%，他们散落在生态脆弱地区和集中连片特困地区，他们的贫困问题同样是‘硬骨头’，难度很大”[1]。纵然时间紧、任务重，但是脱贫攻坚，全国一盘棋；全面小康，决胜在合力。伟大事业的背后，有我们强大的党的全面领导，有中央到地方自上而下的关怀扶持，有基层每一位干部群众的辛勤付出。正如作者所言，“8年奋斗，中国全面消除绝对贫困，在‘一个都不能少’的铮铮誓言背后，伫立的是300多万驻村干部、第一书记，是党、政、军和企事业单位的工作人员，是长期以来支持脱贫攻坚工作的社会各行各业”[2]。正是因为他们对党的事业无比忠诚，对人民充满感情，才得以完成堪称奇迹的伟大事业。

为了“不落下一个人”，完成刺绣的“最后几公里”，让贫困农牧民妇女丢掉“等、靠、要”的思想，白晶莹和她的团队不厌其烦地到她们家里做思想工作，帮助她们转变陈旧的思想观念。对

[1] 牛海坤．让世界看见［M］．呼和浩特：远方出版社，2020：14.

[2] 牛海坤．让世界看见［M］．呼和浩特：远方出版社，2020：330.

于不愿意接受的妇女，重点走访和引导；对于学得慢的人，一遍一遍地教和演示，直到学会为止。最终，顺利让她们走进刺绣队伍。大学生群体更是如此，他们以饱满的热情参与到这项火热的事业当中，负责统筹订单、购买布料、上门为农牧民服务、对外批发零售……同样，还有各级领导干部对蒙古族刺绣产业发展投入的关注和支持。透过作者的纪实性文字，我们看到了全民一心，同心协力创造的锦绣蓝图，目的就是让每一位农牧民群众都能搭上通往幸福的快车！

在作者的纪实中，白晶莹赠予中国妇联的精美刺绣《草原阿妈都贵玛》，细密的针法呈现了“三千孤儿入内蒙”的动人画卷，孩子们围绕着慈爱的额吉在大草原上尽情嬉戏玩闹。“草原母亲”敞开温暖的怀抱，接纳了这些“国家的孩子”，并将他们抚养长大，深刻诠释了“收一个，活一个；活一个，壮一个”的理念。这与蒙古族刺绣产业发展的内蕴是一致的，那就是在全面建成小康路上，我们党一贯秉承着“一个也不能少”，这是中华民族共同体意识的动人彰显！在迈向第二个百年奋斗目标的新征程上，仍需要各族人民牢固树立休戚与共、荣辱与共、生死与共、命运与共的中华民族共同体意识。我们要像爱护自己的眼睛一样爱护民族团结，像珍视自己的生命一样珍视民族团结，像石榴籽那样紧紧抱在一起，这样才能共同创造美好生活！

上面千条线，下面一根针。基层是工作开展的第一线，是政策落实的“最后一公里”，国家政策方针的贯彻落实都需要千千万万工作人员扎根基层去穿针引线。“泥泞崎岖，平平常常。寒来暑往，多少沧桑。呕心沥血，无畏雨雪风霜。履职尽责，守望大地山河。把穷乡僻壤变成美丽家园，让绿水青山点化金山银山。没有惊天动地的经历，却有改天换地的伟绩。信仰的丰碑上，铭刻脱贫攻坚的功勋。扶贫干部敬业担当，优良作风，初心不忘。”这是2018年全国脱贫攻坚贡献奖获得者白晶莹的颁奖词，凿凿可据，名副其实。朴实真挚的文字背后，是一段动人的历史，更是每一个人应当铭记的优秀党员干部，她以绣花的精神推动扶贫工作，引领贫困群众迈向脱贫致富的新生活。

2021年2月12日，在全国脱贫攻坚总结表彰党中央、国务院荣誉称号拟表彰对象的公示名单上，“白晶莹”这一名字赫然在列，因为她将蒙古族刺绣发展成为产业带领科右中旗妇女脱贫，并且登上国际舞台“让世界看见”，这背后离不开千千万像白晶莹一样强大的女性力量。在作者缜密的文笔下，在脱贫攻坚崎岖而艰难的道路上，我仿佛数次看到了白晶莹奔波的身影，这是报告文学时代人物的典型。她牢固树立群众观点，坚持群众路线，脚底沾满泥土，内心满怀群众，每一步走得坚定踏实。她是那么平凡普通，像是我们身边的“这一个”，同时又是那么的不凡，是科右中旗仅有的“这一个”。她工作30多年，一半的时间在基层工作，与农牧民有着深厚的情感，义务教授蒙古族刺绣技艺，尽己所能帮助孤寡和贫困妇女；举办刺绣培训，没有经费就用白纸设计图案，凭借一己之力贡献出1072种刺绣产品和7000余张刺绣图案；利用早晚休息时间和双休日、节假日下乡入户培训，穿草地、越沙丘，风雨无阻；建立蒙古族刺绣扶贫车间，竭尽全力解决人、财、订单等问题，探索出独具特色的集产品研发、生产、销售于一体的蒙古族刺绣产业市场运营机制；从培训到形成产业，她谢绝政府资金帮助，选择自己承担风险，不让国家投入一分钱。她无私，亦无畏，满怀赤子情怀，因为她对这片土地和人民爱得深沉。

“她清楚要想让这些人成长为优秀的新时代的绣工，不仅仅是让她们掌握一门技术，帮助她们在技术上提高，还要帮助他们在文化素质、艺术品位、道德修养等方面不断得到提升。”[1] 白晶莹像千千万万遍布祖国大地的扶贫干部，践行着先进的扶贫理念，努力改变农牧民的思想甚至是观念。她不仅教授刺绣技艺，更是将做人做事的道理贯穿其中，并以身作则坚定不移地践行、履行着一名普通共产党员“为中国人民谋幸福，为中华民族谋复兴”的神圣职责。同时，作为民族文化的优秀传承者，她也为蒙古族刺绣不得不流于市场化而暗自神伤。这是女性的细腻和柔软，也正是报告文学塑造“真实的人”的体现，写出了采写对象的人格人性之美。

在科尔沁右旗的贫困地区，妇女多患有妇科疾病、高血压、心脏病以及其他疾病，甚至因为治疗不及时而落下终身残疾，给本就拮据的家庭带来沉重的负担。或有女性留下孩子、老人不远万里外出打工，尝尽辛酸收入却不尽如人意，小孩的教育、老人的医疗对

[1] 牛海坤．让世界看见［M］．呼和浩特：远方出版社，2020：266.

她们来说都是一笔难以负担的费用……同样，教育匮乏导致的精神贫乏更是让人不寒而栗，看不到生活的出路和光亮才是最令人绝望的。作者通过走访贫困家庭，并将底层严峻的生存真相付诸文字，让我们看到了一个个苦难家庭蒙受的阴霾，令人苦涩、心酸，却无可奈何。而后，又庆幸自己见证了科右中旗脱贫攻坚的累累硕果，一个又一个家庭通过双手已经涅槃重生，内心才充满一丝宽慰，不得不心生感动。

“坐在同一条板凳上，才缩短了心与心的距离；住在农家的炕头上，收获的不只是建议。我的脚下沾有多少泥土，我的心中就沉淀多少真情，走近你、读懂你、为了你、依靠你。”字里行间在强调人民是历史的创造者，幸福更是靠自己的双手奋斗出来的。为了动员科右中旗妇女加入刺绣队伍，白晶莹四处奔走，言辞恳切，感情充沛，令人动容。正因为她深知这些妇女的不易，同理心和恻隐心在这位扶贫干部心里暗暗生发。这些农村妇女同样也感知到了这真挚的善意，并珍视着。正如梅荣所言，到现在，她最感激两个人，一个是母亲，一个是白姨。她们一个给了她生命，让她自信、自强、独立；另一个给了她希望，教会了她刺绣、做人和做事，让她找到了自己想要的东西，面对未来不再茫然。在作者的实地访谈中，我相信大多数的妇女感受是一样的，正是因为她们在这份帮助中感受到了温暖和希望，体会到了善意和热情，所以才坚定选择用自己的双手去奋斗。

“通过刺绣，许多特困户不仅改变了生活，她们的性格、脾气、对家庭和未来的态度也有了改变，她们对刺绣产生了浓厚的兴趣，开始展望新生活。”[1] 这是精神状态乃至生命质量的一种改变。过去不少群众“揣着手等”“背着手看”“靠着墙根晒太阳、等着别人送小康”，经过脱贫攻坚的洗礼，广大干部群众越干越想干、越干越会干，贫困群众等靠要少了、勤劳致富多了，陈规陋习少了、文明新风多了，僵化保守少了、自信开放多了，愁眉苦脸少了、欢声笑语多了。作者通过实地走访，还深入细致地刻画了几位典型人物：想改变命运而慕名跟着白晶莹学习刺绣的梅荣，肢体残疾却通过刺绣自力更生的马八十五，打麻将成瘾最终被规劝成为一级绣工的赵霞……这些人物是我们所熟悉的普通农村妇女，她们都在时代的政策下悄然发生着改变。正是因为他们细微的变化，报告文学才显得更加贴近真人、真事、真话。

新时代赋予青年新的使命，青年只有把自己的小我融入祖国的大我、人民的大我之中，与时代同步伐、与人民共命运，才能更好实现人生价值。在白晶莹干事创业的过程中，大学生同样也是助力脱贫攻坚的主要力量。刺绣产业初创阶段面临重重困难，没有工资且缺乏保障，人员招募更是举步维艰。但是几名大学生却毅然选择和白晶莹艰苦创业，真诚而炽热，他们相信白姨，热爱自身的工作，也热爱成长的这片土地。因为有这样有理想、敢担当、能吃苦、肯奋斗的时代青年加入，蒙古族刺绣产业才得以注入源源不断

[1] 牛海坤. 让世界看见［M］. 呼和浩特：远方出版社，2020：163.

的新鲜血液，从而充满活力和希望。与此同时，更有不少大学生返乡创业，积极投身到家乡的建设中，为刺绣产业的发展壮大助力加持。其中，既饱含着对蒙古族刺绣产业的十足信心，也有对家乡父老乡亲的一片深情。

2020年3月5日，科尔沁右旗退出了脱贫名单，外加其他31个国家级贫困旗县全部退出。2021年2月25日，习近平总书记在全国脱贫攻坚总结表彰大会上庄严宣告，脱贫攻坚取得了全面胜利，中国完成了消除绝对贫困的艰巨任务。虽然《让世界看见》仅展现了中国千千万脱贫攻坚故事浪潮中的一隅，却足以彰显中国精神、中国力量和中国路径。中国北疆在世界脱贫攻坚的舞台上唱响绝唱，响彻大地，令世人瞩目。而“上下同心、尽锐出战、精准务实、开拓创新、攻坚克难、不负人民”伟大的脱贫攻坚精神还将永远涤荡在人民心头，继续指导着生活的实践。我们相信，蒙古族刺绣乘着时代东风的快车，在古老的丝绸之路上跨越千年时空，会焕发更加璀璨夺目的光彩。而人民，永远是幸福的创造者，终将缔造出锦绣生活！

第四节　劲健进取、明亮瑰丽的草原长调：海勒根那与《呼伦贝尔牧歌》

“我离开湖边来到新的草场，可是我的马群不肯吃草，捧起盛满奶食的碗，可是我却无法下咽，我到处去寻找你的踪影，我的心永远都无法安稳……”[1] 在广袤连绵的草原丘陵上，这首悠远的呼伦贝尔牧歌沿着草地、山坡、沟壑深情地传播开来，从额么格额吉的嘴里传唱到“我”嘴里，质朴的歌词讲述着两代草原汉子的柔情与眷恋，忧伤，而又美丽。入选“中国小说学会2022年度好小说短篇小说榜单”的《呼伦贝尔牧歌》，像一幅悠长而神秘的草原古老画卷，以对话、回忆的形式将“我”的身世经历渐次透露，以凄美的爱情故事为引子，巧妙呈现了内蒙古的人情人性、生态新变和脱贫攻坚的温情缩影，成为同时期文学作品中最温暖的一抹色彩。

作为蒙古族汉语小说创作的中坚力量，海勒根那始终与时代

[1] 海勒根那. 呼伦贝尔牧歌［J］. 民族文学，2022：5.

同行，为人民书写，赓续着“胸中有大义、心中有人民、肩头有责任、笔下有乾坤”的传统，持续创作出融思想性、艺术性于一体的优秀生态文学作品。《呼伦贝尔牧歌》充分彰显了新时代蒙古族进行生态文明建设与脱贫攻坚所取得的伟大成就，背后折射出无数草原儿女艰苦奋斗、甘于奉献的感人身影，以及千万干部群众忠于职守、顽强拼搏的辛劳付出，充分彰显了不达目的绝不罢休的豪情和久久为功的韧性，他们用真情用实践用生命诠释了蒙古马精神的特质，并为新时代蒙古马精神赋予了新的内涵，生动流露出作家对大自然、对民族、对内蒙古大地深切的热爱。

《呼伦贝尔牧歌》充分彰显了扎根于深厚草原文化的蒙古马精神。蒙古马是蒙古族的象征，亦是草原文明的象征。在整个历史长河中，它一直象征着一种奋勇冲劲、忠诚仁爱、无私奉献的精神，是内蒙古各族人民在革命、建设、改革历程中精神的升华，对中国文化的形成发展有着广泛而深远的影响。《呼伦贝尔牧歌》将故事发生的地点定于呼伦贝尔大草原，这里是世界著名的天然牧场，亦是蒙古马精神较为浓厚的地区。在小说中，额么格额吉无私奉献、不求回报；牧马人策马奔腾、守望相助；牧马女坦诚大方、明辨善恶……蒙古马精神在这群蒙古族人中传递激荡，铸成草原文化坚硬的精神盾牌。

小说中，额么格额吉善良、聪慧、坚韧，身世迷离而神秘，她是千千万草原母亲的化身，更是蒙古马精神的自觉践行者。她无儿无女，一生行善。她毫不吝惜蒙古族的大爱，从海拉尔医院捡来

“我”并抚育长大。草地上的孩子都受过她的百般呵护和疼爱，城里来的知青也不例外，她像对待自己的亲生子女一样，倾其所有。奶奶轻轻滚落的身躯蜷卧在自然的大地上，也将蒙古族诞生于草原的仁义大爱重新送归到草原的沃土里，蒙古马精神将继续滋养着一代又一代草原儿女，源源不断。草原人民收养流浪孩子，这种生命本位的价值观在内蒙古文学作品中处处可见，并代代相传。在海勒根那的《以大师之名（短篇小说二则）》中，牧民收养敌人无辜的孩子，哪怕他们的同族在中国的土地上犯下累累罪行。这都是蒙古族珍视生命和敬畏生命的生动体现，对包括人在内的生命体表达一种虔敬的态度。正像收养三千孤儿的草原额吉都贵玛，用草原母亲博大的胸怀哺育着国家的孩子们，“接一个，活一个，养一个，壮一个”深刻地诠释了民族一家亲的拳拳真情。

“我”在额么格额吉爱的灌溉下，恣意地享受着草原这天然的游乐场，茁壮成长为牧人的模样，并内生出蒙古族英雄的气质和禀赋。身上流淌的蒙古族正义、果敢、刚健的英雄血脉，更是蒙古马精神的化身。“我”年轻气盛，争强好胜，遇到不公平的事喜欢用拳头逞能，最终因好勇斗狠而锒铛入狱，荒废事业的同时，也辜负了额么格额吉和巴德玛的信任和期待。刑满释放，“我”像迷途知返的羔羊，在好友和村干部的扶持、帮助下，更是在额么格额吉和巴德玛的精神鼓舞下，才免于“被风雪埋掉”，顺利回归草原。也正因如此，“我”没有被草原的现代化进程“抛弃”，而是通过发挥自身掌握的农机修理技术减少了草原上机器伤人事件的发生，从而找到了适应现代化的生存方式。这显然不同于海勒根那的《我的叔叔以勒》，因草原文明的败落和现代文明的入侵，以勒找不到出路和位置而处于尴尬的境地，成为社会边缘的零余者，只能满身伤痕地离去。

“我”这样一个孤儿形象的塑造，其实与作者的个人身世经历密切相关。海勒根那的父母亲在他童年的时候相继离世，正是科尔沁农区和呼伦贝尔草原润色了他的童年，并涵养了其自由真实的灵魂。因而，他的很多作品具有强烈的主观体验性，笔下的人物也闪烁着自由率性的光芒。“我”是典型的草原儿女，但是小说没有一味褒扬“我”的好勇善斗，而是通过写人性的放纵和非节制，最终让“我”承受了该受的苦果而浪子回头，让我们看到了一个同是血肉之躯的“真实的人”。这一形象的塑造闪烁着生命和人格的温度，因而变得更加亲近可感，令人信服。

溯源“我”和巴德玛的情缘，正如悠扬而神秘的蒙古族长调，在讲述额么格额吉阿爸故事的同时，也暗暗映射着“我”跌宕起伏却弥足珍贵的爱情。少年的心事，始于一见钟情。巴德玛圆圆的脸蛋，头发乌黑发亮，笑声又甜又爽朗，像含了稀米丹（稀奶油）和蜂蜜似的，填满了“我”年少的心灵。她纯真、直率而包容。“我”闯祸受伤时，她及时给予了温暖的怀抱，那是充满母性力量的怀抱；在“我”浪荡放纵时，她像“拯救者”一样出现，痛心地将“我”骂醒并及时报警止损；在“我”浪子回头时，她依然保持初心、不计前嫌将“我”接纳，让我有个温暖的避风港湾……巴德玛，像奶奶一样，也像万万千承受苦难的草原母亲一样，至真至纯、坚韧不拔、胸怀博大。而“我”的爱情故事，也像大多数草原父母亲的爱情一样，是充满英雄主义式的残酷现实和浪漫温情的交织！

六月，绿意盎然的呼伦贝尔草原焕发着勃勃生机，青草茂盛鲜嫩，成群牛羊悠闲地漫步，马儿四处撒欢儿。而浩渺的呼伦湖上，无际的水面像大海一样荡漾，带着鱼腥味的海风沾着湿气扑面而来。如果此时捡几粒石子投向湖心，惊起的那一串串涟漪，必定在阳光下波光粼粼。在海勒根那笔下，草原上的风景闪烁着天然的韵致。而人居环境也在政府的帮助下得到明显改观，充满安静祥和的人文气息。蓝瓦红砖的新房舍排排矗立，随处可见洁白的蒙古包、羊圈、牛舍、饮水槽、勒勒车、机井闸杆……点缀着草原，也装点着一方游牧人沉甸甸的家园梦。而邻近的满洲里城里，俄式洋楼拔地而起，多民族交流贸易热闹非凡。这是经由无数驻村干部和内生绿色希望、渴望摆脱贫困的人们合力创造的家园梦，更是内蒙古人民努力克服艰苦条件、自力更生、一往无前的奋斗实践，在此基础上形成了吃苦耐劳的精神品质，并不断涵养着蒙古马精神的深邃内核。

蒙古族崇尚自然，信仰万物有灵，真心热爱草原上的一草一木。对河流和湖泊的敬畏亦由来已久，多种观念约定俗成，并代代相传。因而，拆除呼伦湖四周的旅游点，并清理偷捕的渔船，实行全面禁渔休养生息，正是牧人本真的初心。同时，蒙古族的生态伦理观也在深刻启发着今天人类日渐苏醒的生态观，与目前我们所倡导的“绿水青山就是金山银山”的环保理念一脉相通。这也是我们“中国梦”的重要组成部分，我们美丽的家园要与后人共建共享，流传千秋万代。

细读这篇小说，我们其实可以发现，这与海勒根那2018年发表的《温杜根查干》形成鲜明的对比。早期作家着眼于生态荒漠化，家园遭受破坏，揭示人与自然的矛盾，更多地将笔触置于生态困境、人文困境，进行荒漠草原的书写，充满怀旧和悲观的意味。这是人类在市场经济物质利益的驱动下，无节制开采草原所带来的恶果。而随着脱贫攻坚和乡村振兴的衔接与推进，物质生态和人文生态都得到了修复和重建，民族地区的自然和人居环境显著改善，为作家书写提供了更加广阔的天地。作者及时调转笔锋进行乐观化叙事，这是值得我们关注，并充满期待的。

如果作者仅把笔触停留于写爱情层面就未免有些单薄且落入俗套，但是立足于脱贫攻坚这一时代事件上就凸显出了厚重的力量。2022年是巩固拓展脱贫攻坚成果同乡村振兴有效衔接深化之年，文学作品也与时俱进，以新时代脱贫攻坚为号角，讲述各民族团结一心、携手帮扶、并肩前行的感人故事。《呼伦贝尔牧歌》显然可以称得上是反映时代新变的一部佳作，它以在场式的写作呈现了多元化的时代面貌。

作家还关注到了脱贫攻坚时代背景下的草原新变，丘陵峰顶上树立起一杆杆闪闪发亮的风力发电机、像银灰色的蛇盘旋在丘陵间的村村通公路；村委会还为每家每户盖新房，村集体以“苏鲁克”（代管畜群）的形式赊予牲畜；驻村工作队重点帮扶贫困户，为巴德玛阿爸办理慢性疾病本、大病医疗保险，协助贷款发展养殖脱贫、参与开发生产民族服饰；工作队为刚出狱的游牧者送来米、面、油、大白菜，维护了一位“浪子回头”的牧民的尊严和体面。时代发展新变穿插于两位牧民的对话中，虽然作为故事情节的背景存在，却始终传达出歌颂新时代新生活的温情，让人产生奋进向上的力量。

与此同时，这篇小说也与海勒根那2020年发表的小说《请喝一碗哈图布其的酒》形成了内在呼应，辛勤的大学生书记和村民用勤劳的双手铸就了乡村的新生，将不毛之地变得绿意盎然，同样是对这一主题的进一步深化。两者都是书写蒙古族在精准扶贫政策的惠及下建设美丽草原的故事，共同谱写出一曲民族团结、共创美好生活的赞歌！

正如作者所言，“人不能总活在过去，就像太阳总会在黑夜后升起一样”。隐隐约约地，我仿佛看到了达胡拉尔山高高的山岗下额么格额吉安详的面孔，看到了“我”和巴德玛用辛勤的双手开拓美好的家园，也看到了驻村干部带领嘎查人民建设草原的热气腾腾的画面，还看到了千千万脱贫攻坚和乡村振兴的故事在呼伦贝尔一幕幕精彩上演……关于呼伦贝尔草原的故事，数不尽，也讲不完，这才刚刚开始。不论在当下抑或是未来，“吃苦耐劳、一往无前，不达目的绝不罢休”的蒙古马精神都将指引着我们向着美好生活一往无前、奔腾不息！

后　记

在祖国辽阔的版图上，内蒙古似一匹昂扬舒展的骏马，以奔腾之姿守望在祖国北疆；又似一条蜿蜒飘逸的玉带，拂过祖国北疆的山川、河流、森林、湖泊、草原、沙漠。各民族在这片热土上交往交流交融，红色文化、草原文化、农耕文化、黄河文化、长城文化等在这里相互包容、相互滋养、相互依存、相互促进，共同描绘出一幅独具特色、绚丽多彩的北疆文化画卷。

本书通过再现当代文学里的内蒙古，生动勾勒壮美和美善美、可信可亲可爱的内蒙古形象，诗意展示北疆文化深厚蓬勃的迷人魅力，让读者在享受文学之美的同时，深刻感受中华民族共同体的强大力量以及蕴含其中的精神价值。

本书获得2023年内蒙古自治区哲学社会科学规划委托项目“文学作品里的内蒙古”（项目批准号：2023NDE099）的资助。在编写过程中，得到了相关领域专家学者的大力支持。崔荣、李旺、张婧慜、云韬、白叶茹、张淼、郑明耀负责编写工作。崔荣进行了统稿。王叶、韩芳负责书稿的编辑、排版工作。

本书由内蒙古自治区党委宣传部策划，王虎主持本书总体编写工作，布和、李莉、杜婧、朝乐蒙参与本书的选题立项、规划引导、组织协调工作。

由于编者水平有限，书中难免存在不足之处，恳请读者批评指正。

本书编写组

2025年2月